인문학 동행 두번째 수다

사피엔스 뒷담화

강재영
김보민
박영옥
박은진
오영미
유소연
윤정희
이란숙
임자영
전미아

동아기획

인문학 동행

'가난한 사람은 독서로 부자가 되고, 부자는 독서로 귀하게 된다.'

　왕안석의 권학문에 나오는 내용이다. 보통 사람들은 대부분 이 말을 믿지 않지만, 소수의 사람들은 여전히 진리로 믿고 실천한다. 그 실천의 결과물이 바로 우리가 읽고 있는 인문고전들이다. 그리고 지금도 나중에 고전이 될 가치를 지닌 책들이 계속 출판되고 있다.

　보통 사람들이 독서를 취미나, 교양, 재미 또는 힐링으로 가볍게 생각할 때, 소수의 사람들은 부자가 되고 귀하게 되기 위한 독서를 계속하고, 그 결과를 책으로 내놓기 때문이다.

　인문학 동행은 바로 그런 사람들이 쓴 책을 읽고, 베껴 쓰고, 생각을 나누는 모임이다. 그리고 책 속에서 그들이 부자가 되고, 귀한 사람으로 성장해 간 비결을 조금씩 발견하고 있다.

‘박세리 키즈’들이 박세리 선수처럼 연습을 하고, ‘김연아 키즈’들이 김연아 선수의 훈련방법을 모방하는 것처럼, 우리도 인문고전을 쓴 사람들처럼 책을 읽고, 생각을 나누고, 책을 쓴다. 그리고 부끄럽지만 그 모방의 결과를 다른 사람들과 공유할 용기를 낸다. 우리 주변의 더 많은 사람들이 책을 읽고 나누는 즐거움을 느끼기를 바라는 마음에서다.

독서는 누구나 다 할 수 있는 일, 그렇다면 독서로 부자가 되고 귀하게 되는 것도 누구에게나 다 가능한 일 아닌가?

2018년 11월 저자 일동

CONTENTS

홈쇼핑을 보는
두 가지 관점

자본주의의 윤리와 소비지상주의의 윤리는
동전의 양면이다. 이 동전에는 두 계율이 새겨져 있다.
부자의 지상계율은 '투자하라.' 이고,
나머지 사람들 모두의 계율은 '구매하라.'다.

- 유발 하라리, **사피엔스**

저녁 먹고 TV를 켜니 늘씬하고 예쁜 모델이 겨울 코트를 입고 나와 현란한 말솜씨로 나를 유혹한다. 채널을 돌리니 이번엔 멋진 두 남자가 남성 거위 털 코트를 손에 들고 떠들고 있다.

"여자들은 여름이라 옷 사고, 겨울이라 옷 사고, 살쪄서 옷 사고, 살 빠져서 옷 사고, 기분 좋아서 옷 사고, 기분 나빠서 옷 사고, 돈 생겨서 옷 사고, 돈 없어도 옷 사지만, 남자는 꼭 필요할 때만 돈을 쓰지 않습니까?
저희는 쓸데없는 사치품 이런 것은 팔지 않습니다. 정말 꼭 필요한 상품만 준비했습니다. 오늘 사시는 분께만 울 100% 머플러를 사은품으로 드립니다."

남자 쇼 호스트는 여자들은 무분별한 소비를 일삼는 쇼핑족이지만, 남자들은 합리적 소비자라고 살짝 띄워주면서 소비를 부추기고 있다. 남자들이 옷을 사는 것은 소비가 아니라 자신을 위한 투자이며, 검소함은 이제 촌스러움일 뿐이라고 설득한다.

이런 고도의 심리전에 넘어가 단 5분 만에 지갑을 연 소비자가 1,000명이 넘었단다. 현명한 선택의 대열에 빨리 동참하라고 들뜬 목소리로 계속 부추긴다.

여성복을 파는 다른 채널에선 준비된 물량 3,000개가 매진되었다고 화면에 빨갛게 표시된다.

홈쇼핑 채널이 한두 개가 아니고, 매일 매시간 다른 상품을 팔아대는데도 끊임없이 상품이 팔리는 것은 왜일까? 그만큼 부자가 많다는 뜻일까?

역사를 통틀어 대부분의 사람들은 결핍 속에서 살았다. 훌륭한 사람들은 사치품을 멀리했고, 음식을 버리지 않았으며, 바지가 찢어지면 새로 사는 것이 아니라 꿰매 입었다. 오로지 왕과 귀족만이 그런 가치관을 공개적으로 포기하고 자신들의 부를 눈에 띄게 뽐낼 수 있었다.

중세 유럽의 귀족들은 값비싼 사치품에 돈을 흥청망청 썼지만, 농부들은 한 푼 한 푼을 아끼며 검소하게 살았다. 오늘날은 상황이 역전되었다. 부자는 자산과 투자물을 극히 조심스럽게 관리하는 데 반해, 그만큼 잘 살지 못하는 사람들은 빚을 내서 꼭 필요하지도 않은 자동차과 대형 TV를 산다.

자본주의의 윤리와 소비지상주의의 윤리는 동전의 양면이다. 이 동전에는 두 계율이 새겨져 있다. 부자의 지상계율은 '투자하라.'이고, 나머지 사람들 모두의 계율은 '구매하라.'다.

유발 하라리는 『사피엔스』에서 자본주의 윤리와 소비지상주의 윤리를 '투자하라!'와 '구매하라!'라는 두 마디로 설명한다.

중세에는 돈이 많은 사람이 소비했지만 오늘날은 부자가 아닌 사람들이 소비의 주체라는 말이다. 그들은 대부분 소비지상주의라는 늪에 빠져 있는데 이를 자각하는 사람은 많지 않은 것 같다. 사람들은 대부분 자신을 현명한 사람이라고 생각한다. 과연 그럴까?

여기 A, B, C 세 유형의 소비자가 있다. 당신은 어떤 유형인가?

소비자 A : 나는 필요한 것이 있으면 백화점이나 전문 매장을 방문하여 상품을 살펴보고 난 후 같은 상품을 인터넷에서 찾아낸다. 최소한 몇 가지 상품을 비교하여 선택한다. 그래서 좋은 물건을 늘 남보다 싸게 구매한다.

소비자 B : 나는 백화점이나 전문매장을 찾아가서 판매원으로부터 상품 설명을 듣거나 궁금한 것은 물어보고 마음에 들면 바로 구매한다. 주로 단골 매장을 이용하고 다른 곳과 비교하려고 돌아다니지 않는다.

소비자 C : 나는 홈쇼핑이나 광고를 보고 마음에 들면 충동적으로 구매한다.

당신은 누가 가장 현명하다고 생각하는가? 주변 사람들에게 물어보면 대부분 A가 가장 알뜰하고 현명하다고 대답한다. 하지만 A는 소비지상주의의 늪에 가장 깊게 빠져있으면서도 깨닫지 못하는 유형이다. 오히려 자신을 매우 현명한 소비자라고 착각하면서 '구매하라.'의 계율을 충실히 따르고 있다. 돈은 물론 에너지와 시간까지 소비 행위에 집중하고 있는 것이 그 증거이다.

부자들은 소비행위에 돈은 쓰지만, 시간과 정성까지 기울이지는 않는다. 대신 '투자하라!' 계율에 시간과 에너지를 쏟는다.

같은 홈쇼핑을 보더라도 부자들은 잘 팔리는 상품의 특징, 진열 상태, 쇼 호스트의 실력을 보며 그들이 돈을 버는 방법을 찾아낼 궁리를 하고, 부자가 아닌 사람들은 '구매하라!' 계율에 따라 제품의 디자인, 가격, 품질 등을 비교하고 따져가며 소비 행동에 전념한다. C 역시 같은 소비자 늪에 빠져있다. A는 C와 같은 소비자를 충동적이고 어리석다고 비판하겠지만 둘은 근본적으로 다르지 않다. 둘 다 소비지상주의자일 뿐이다.

반면 소비자 B는 오히려 부자들의 소비 유형에 가깝다. 상품 구매에 필요한 돈은 쓰되 자신의 시간과 에너지는 덜 쓰고 판매원의 에너지를 이용한다. 부자들이 전문 매장이나 단골 매장에서 주로 물건을 사는 것은 돈이 많아서라기보다는 그들이 따르는 계율이 우리와 다르기 때문이다.

소비지상주의는 점점 더 많은 재화와 용역을 소비하는 것을 찬양하고 부추긴다. 사람들로 하여금 제 자신에게 잔치를 베풀어 실컷 먹게 하고, 자신을 망치고, 나아가 스스로 죽이게끔 한다.

대중들을 '구매하라!' 계율로 이끄는 것은 홈쇼핑 채널만이 아니다. 대중매체의 1차 목적은 시청자를 광고주들에게 파는 것이다. '우리'가 곧 상품이다. 자본주의 사회에서 영화, TV 프로그램, 잡지, 라디오, 신문 등 대중매체는 광고 시청을 유도하는 미끼이거나, 광고를 교묘하게 숨겨서 '구매하라!' 계율을 무의식에 주입하는 장치들이다. 성공적인 프로그램이란 광고주들에게 가장 많은 시청자를 바치는 것이다.

무조건 많은 숫자가 아니라 '구매력'을 지닌 가치 있는 숫자가 많아야 환영받는다. 그래서 현대 자본주의 사회에서 가장 가치 있는 정보는 내가 인터넷에 올린 지식정보가 아니라 나의 실시간 구매 이력을 알 수 있는 개인정보다. 우리가 모르는 사이에 개인정보가 해킹되고, 불법 거래를 통해 유출되는 이유이기도 하다.

현대는 전 지구적으로 무역전쟁, 마케팅 전쟁이 치열하게 전개되고 있다. 앞으로는 빅데이터를 기반으로 아주 정교하게 타깃을 분류할 수 있기 때문에, 더욱 지능적인 광고로 우리를 '구매하라!'의 늪으로 밀어 넣고 늪 바깥의 세상을 잊게 할 것이다.

'우리'가 늪에서 빠져나올 동아줄이 되어 줄 '절약과 검소'는 이미 구시대의 유물이 되고 있다. 굽이 닳고 닳은 정주영 회장의 구두는 현대그룹의 전설이 되었고, 자수성가한 부모의 검소한 이야기는 구시대의 가치로 전락하여 더는 자식들에게 전해지지 않는다.

대신 현대그룹 가족이 타는 차를 구매하려고 돈을 모으고, 고급 가방과 옷을 사고 싶어 안달한다. 부모가 성공한 이후 마련한 고급 아파트를, 자녀들은 신혼 시절부터 가져야 할 집으로 생각한다. 부자의 소비 행동을 흉내 내느라 바쁜 그들에게, 진짜 중요한 부자들의 계율은 생각할 틈도 없다.

'투자하라!' 계율을 따르며 부모가 쌓은 돈은 자식에게 전해지지만, 안타깝게도 그 돈을 번 계율은 전해지지 않는다. 더 안타까운 점은 부모는 자녀에게 쏟아지는 소비지상주의의 지능적인 광고 세례를 막을 방법이 없다는 점이다. TV, 인터넷, 모바일, 신문, 잡지 등 모든 광고를 차단할 방법도 찾기 어렵지만, 그보다도 또래와 다르게 살라고 부모의 가치를 강요하는 것은 더욱더 힘들다.

그러나 그냥 손 놓고 있을 수 없는 중요한 일이다. 최소한 무지로 인해 소비지상주의에 압도당하지 않도록 가르쳐야 한다.

세계적인 부자들, 특히 유대인들은 자녀에게 '투자하라!' 계율을 먼저 가르친다. 아이가 완전히 습득할 때까지 가르쳐서 대를 이어 부자가 되게 만든다.

'우리'가 현명한 소비자 이야기를 나눌 때 그들은 소비의 늪에서 허덕이는 '우리'를 관찰하며 어떻게 새로운 소비의 늪으로 유도할 것인가를 토론하는 것이다. 4차 산업혁명을 말한 클라우스 슈밥은 이렇게 말한다.

가속화 시대에는 느리게 가는 것만큼 행복한 일은 없다. 집중을 방해하는 시대에는 집중하는 것만큼 사치스러운 것은 없다. 계속 움직이는 세상에서는 가만히 앉아 있는 것만큼 시급한 일도 없다.

4차 산업혁명으로 모두가 빠른 변화, 빠른 대처를 외치며 분주할 때, 느리게, 집중하여, 가만히 세상을 관찰하는 것이 가장 시급하다고 말한다. 클라우스 슈밥이 우리와 다른 것은 세상을 보는 '관점'이다. 그는 독일 태생의 유대인이다.

행복해야 한다.
지금! 여기!

지난 500년은 깜짝 놀랄만한 혁명이 연쇄적으로 일어난
시기였다. (중략) 과학과 산업혁명 덕분에 인류는 초인적
힘과 실질적으로 무한한 에너지를 갖게 되었다.
하지만 우리는 더 행복해졌는가? 그렇지 않다.

- 유발 하라리, **사피엔스**

『사피엔스』를 처음 펼 때는 인문학 역사서로 읽기 시작했는데, 거의
다 읽고 책을 덮을 때는 철학책을 읽은 느낌으로 책을 덮게 되었다.
그 이유는 바로 다음의 구절 때문이다.

진화는 점점 더 지능이 뛰어난 사람들을 만들어냈고, 결국 사람들은 너무나
똑똑해져서 자연의 비밀을 파악하고 양을 길들이며 밀을 재배할 수 있게
되었으며, 그게 가능해지자마자 지겹고 위험하고 종종 스파르타처럼 가혹했던
수렵채집인의 삶을 기꺼이 포기하고 농부의 즐겁고 만족스러운 삶을 즐기기
위해 정착했다는 것이다.
이 이야기는 환상이다. (중략) 농업혁명은 안락한 새 시대를 열지 못했다.
그러기는커녕, 농부들은 대체로 수렵채집인들 보다 더욱 힘들고 불만스럽게
살았다. (중략) 농업혁명 덕분에 인류가 사용할 수 있는 식량의 총량이 확대된
것은 분명한 사실이지만, 여분의 식량이 곧 더 나은 식사나 더 많은 여유시간을
의미하지는 않았다. 오히려 인구폭발과 방자한 엘리트를 낳았다. 평균적인
농부는 평균적인 수렵채집인보다 더 열심히 일했으며 그 대가로 더 열악한

식사를 했다. 농업혁명은 역사상 최대의 사기였다. (중략)

지난 500년은 깜짝 놀랄만한 혁명이 연쇄적으로 일어난 시기였다. (중략) 과학과 산업혁명 덕분에 인류는 초인적 힘과 실질적으로 무한한 에너지를 갖게 되었다. 하지만 우리는 더 행복해졌는가? 그렇지 않다.

이 책의 작가 유발 하라리는 우리의 과거보다 현재는 행복하지 않고 미래도 그럴 것이라는 예측을 했다. 농업혁명으로 식량이 풍족해져서 모든 사람이 배부르게 먹고 행복하게 될 것이라는 나의 예상과 달리 작자는 이것이 사기라고 규정하였다.

과학혁명이 일어난 5백 년 전과 지금의 21세기 인류를 행복이라는 기준으로 비교한다는 것이 신선한 충격이었다.

처음에는 너무나 당연히 '먹을거리도 풍족하고, 안전하며, 발달한 의료 기술 때문에 더 오래 사는 현재가 더 행복하다!'라고 단정했지만 잠시 생각해보니, '진짜로 지금이 더욱 행복할까?'라는 의문이 생겼다.

지금까지, 행복은 건강과 부를 기초로 한 물질적 풍요라고 인식되어 왔다. 연구에 의하면 물질적인 부가 행복의 요소인 것은 분명하다. 그렇다면 잘 사는 나라의 국민은 행복한지 궁금해서 나라별로 국민 총생산과 세계행복지수를 살펴보았다.

GDP 1위 미국은 세계행복지수 18위, GDP 2위 중국은 세계행복지수 86위, 우리나라 GDP는 11위, 세계행복지수는 56위라고 한다. 이 차이가 무엇을 의미할까? 물질적인 부는 어느 정도까지 만이고, 그 정도를 넘어서면 돈이 행복의 조건을 모두 충족하지 못한다는 이야기다. 움직일만한 건강과 먹고살 만한 돈이 있어도 왜 사람들은 행복하다고 못 느끼는 걸까?

요즘은 그 어느 때보다 행복이란 말을 많이 사용하는 것 같다. 그 이유는 다들 행복하지 않기 때문이다. 홍수가 났을 때 물이 가장 귀한 것처럼 너도, 나도 '행복해지자! 행복해지자! 행복 합시다!'라고 외친다는 건, 역설적으로 행복감이 없기 때문이다. 나 또한 그중에 한사람으로서 내가 행복하기 위해서는 무엇을 해야 하는지 생각해 보았다.

첫째, 미래의 행복을 위해 **지금**의 행복을 포기하지 말자. 물질이 주는 행복의 유효기간이 있음을 기억하자. 네덜란드 속담에 '돈으로 집은 살 수 있지만 단란한 가정은 살 수 없고, 침대는 살 수 있지만 잠은 살 수 없다.'라는 말이 있다.

나는 가족과 행복한 미래를 위해는 돈을 번다. 돈을 벌기 위해 일을 하고 일을 잘하려고 노력한다. 그 노력은 바로 시간이다. 직장 근무 시간보다 더 많은 시간을 쏟아부어야 좋은 결과를 얻기 때문이다. 그래서 현재는 가족과 추억이 될 만한 또는 사소한 일상을 공유하지 못한다. 집에 오면 피곤해서 그냥 쉬고 싶다. 그러나 집에 오면 내가 해야 할 일, 간섭해야 하는 일이 있다. 이것은 짜증이 되고, 만만한 가족에게 짜증을 낸다.

그래서 가족과 관계가 나빠진다. 그렇게 돈을 벌어서 가족을 편하게 지내게 할 수는 있지만 정작 가족과 행복한 시간을 보내지는 못한다. 미래에는 더욱 그렇지 못할 것이다. 가족들은 일하고 돌아온 부모, 또는 아내나 남편이 짜증내고 화낸 사실만 기억하기 때문이다. 직장에 나가서 돈을 벌기 위해, 시간을 다 바쳐서 노력하고, 자존심을 버리고, 하기 싫은 일을 하고, 하고 싶은 일은 포기하고 있다는 것을 가족들은 모른다. 그래서 마음이 상한 가족들과 점점 더 대화가 없어지고 외로워지고 혼자가 되는 것이다. 누구를 위해 열심히 돈을 버는 것인가? 가족을 위해서 돈이 필요하지만 결국은 가족의 행복도 나의 행복도 가져다주지 못한다.

돈보다 중요한 것이 있다. 나에게는 가족과 시간을 보내는 것이다. 같이 밥을 먹고, 같이 이야기를 나누고, 같이 추억이 될 만한 여행을 다니고, 사진도 찍으며, 기록하는 것이다. 지금이 행복하지 않은 사람들이 미래 어느 순간 갑자기 행복해지는 일은 없다.

돈을 소유하려는 가장 큰 이유는 자유를 갖기 위해서다. 먹고 싶을 때 먹을 수 있는 자유, 가지고 싶을 때 가질 수 있는 자유, 쉬고 싶을 때 쉴 수 있는 자유, 이 자유를 위해 시간을 대가로 지급해야 한다면, 나는 이제 시간을 자유롭게 사용하는 것을 선택할 것이다. 나를 위한 온전한 시간, 가족을 위한 시간, 친구들을 위한 시간을 잘 배분해서, 함께 있어 주고 이야기를 들어주고, 걱정과 기쁨을 함께할 것이다.

둘째, 내가 아끼는 사람이 항상 **여기** 내 옆에 없을 수도 있다고 생각하자.

부모님은 점점 나이 드시고 더 건강하지 않다는 걸 알고 있지만, 막상 부모님과 식사하고 같이 시간 보내는 것을 미루고 미룬다. 언제든 내가 시간 내면 가능하다는 어리석은 확신 때문이다. 나의 아버지는 어머니보다 아주 건강하시고어머니보다 많이 건강하시고, 병원도 잘 안 가시고 매우 활동적인 분이셨는데, 갑자기 등이 아프시다 해서 여러 검사를 받으니, 폐에서 암 종양이 발견되었다. 진단 후에 급격히 상태가 나빠져서, 입원 후 1주일 만에 의식이 없는 상태로 허망하게 떠나셨다. 그 후로 나는 현재 건강하다는 것이 얼마나 한계가 있는지 깨달았다.

아무리 건강해도 음식 섭취가 제대로 안 되면 남성은 2주, 여성은 3주 안에 사망한다고 한다. 우리의 생사가 2-3주안에 결정된다는 것이다. 생사뿐만 아니라 관계도 늘 한결같지 않다. 소소한 일로 지인과 멀어지기도 하고 친인척 가족과도 늘 친밀하지 않다. 아내와 남편도 마찬가지다. 지금의 남편이 내가 죽을 때까지 나의 옆에서 든든히 동행할지도 모르는 일이다. 나로 인해, 그로 인해, 결혼 생활이 마침표를 찍을 수도 있다.

자녀도 늘 지금처럼 부모와 동행해 주면 고맙겠지만 학업, 직업, 결혼, 불화 등의 이유로 보고 싶을 때 보지 못할 수도 있다. 가깝게 지냈던 친구들도 직장, 결혼, 죽음 등 이유로 먼 곳에 있는 경우가 많다.

이러한 소중한 나의 인연들과 함께할 수 있는 지금 여기에 집중하고, 좋은 시간을 만들고, 함께 추억을 나누며 소통하는 것이 나에게 제일 중요한 일임을 깨달았다.

이 책을 통해서 진화, 발전, 풍요라는 단어가 긍정적이고 만족한 상태가 아님을 알게 되었다.

그렇다면 세상은 계속 진화를 향해, 발전을 향해, 물질적 풍요를 향해 나아 갈 때, 나는 지금 나에게 주어진 시간 속에서 여기에 집중하고 후회 없이 살아야겠다고 생각한다.

미래의 사피엔스를
어떻게 키울 것인가?

예를 들어 아랍인들은 이집트나 스페인 혹은 인도를 정복했지만,
자신들이 모르고 있던 무언가를 발견하기 위한 것은 아니었다.
로마인, 몽골인, 아즈텍 인들이 탐욕스럽게 새 땅을 정복한 것은
권력과 부를 찾아서였지, 새 지식을 찾아서는 아니었다.

- 유발 하라리, **사피엔스**

유럽의 제국주의는 역사상 존재했던 다른 모든 제국주의 프로젝트들과 완전히 달랐다. 과거의 제국주의를 추구하는 자들은 자신들이 이미 세상을 이해하고 있다고 추정하는 경향이 있었다. 정복은 단지 '그들의' 세계관을 활용하고 퍼뜨리는 것에 불과했다. 예를 들어 아랍인들은 이집트나 스페인 혹은 인도를 정복했지만, 자신들이 모르고 있던 무언가를 발견하기 위한 것은 아니었다. 로마인, 몽골인, 아즈텍 인들이 탐욕스럽게 새 땅을 정복한 것은 권력과 부를 찾아서였지, 새 지식을 찾아서는 아니었다.

　'그들의 세계관을 이해하고 퍼뜨리는 것', '무언가를 발견하기 위한 것이 아니었다.'
　『사피엔스』에서 이 구절을 읽으면서 내가 제국주의 엄마로 살고 있는 건 아닌지 반성하는 시간을 가져보았다.
　"엄마! 엄마는 나폴레옹, 알렉산더, 칭기즈칸 중에서 누가 더 대단하다고 생각하세요?"
　"글쎄?"

역사책 읽기를 좋아하는 2학년 큰아들의 물음에 '이 녀석이 왜 이런 질문을 하는 거지?'라고 생각하며 대답을 머뭇거리고 있는데 녀석이 먼저 대답을 했다.

"저는 칭기즈칸이 제일 대단하다고 생각해요!"

"왜 그렇게 생각하니?"

"유럽에서 아시아까지 제일 넓은 땅을 가졌으니 제일 대단하지요! 그만큼 힘이 강력했다는 말이잖아요. 힘이 세면 나라의 주인공이 될 수 있어요. 이승만이 김구를 죽였듯이, 이성계도 정도전을 죽였잖아요. 우리 집 독재자가 힘센 엄마인 것처럼 말이에요."

녀석은 웃으면서 말했지만 나는 순간 몽둥이로 뒤통수를 한 대 맞은 것 같았다. 아들이 왜 그런 생각을 하는지 궁금해서 또 물었더니 아들은 기다렸다는 듯이 대답했다.

"너는 항상 엄마 편이라면서, 그럼 너도 독재자와 한편이네. 독재자 엄마랑 왜 한편을 했어?"

"같은 편 아니면 엄마가 해 주시는 맛있는 거 못 먹을 것 같아서요."

엄마를 독재자라고 생각하는 이유는 뭐든지 엄마가 시키는 대로 해야 하고, 엄마 마음대로 하는 것 같아서 엄마가 독재자라고 했다. 싫으면 싫다고 말하고, 뭐든지 시키는 대로 다 하지 않아도 된다고 말했더니, 그러면 엄마가 불쌍해져서 안 된다고 한다.

어쩌다가 아이들에게 독재자가 되었을까? 무엇이 어디서부터 잘못된 것일까?

자식을 너무 사랑하는 엄마라는 탈을 쓴 제국주의 마녀가 아직은 힘이 없는 아이들을 식민지 노예로 삼고 있었던 것은 아닌지 나 자신을 돌아보게 되었다.

이 책에서 말하는 미래의 사피엔스의 종말이 우리 아이들의 세대일 수도 있고, 지금일 수도 있다. 그렇다면 과연 미래의 사피엔스들을 어떻게 키워야 할까?

나는 작은 교습소를 운영하고 있다. 아들과 비슷한 또래 친구들과 함께 감정카드 놀이를 하면서 자연스럽게 이야기를 나눌 기회를 만들었다. 감정카드를 든 아이들은 솔직하게 자기감정을 드러내기 때문에, 그들의 속마음을 알게 된다.

그 친구들에게 행복하다고 느낄 때가 언제냐고 물었더니, 몇몇 아이들은 충격적인 대답으로 나를 깜짝 놀라게 하였다.

"부모님 간섭 없이 내 마음대로 살면 행복할 것 같아요."
"게임만 하는 세상이면 행복할 것 같아요!"
"잔소리 듣기 귀찮으니 시키는 대로 사는 게 제일 속 편해요."
아직 어린아이들이니 엄마, 아빠와 함께 행복했던 경험을 말할 것이라고 기대했는데, 아이들은 실제로 행복을 느꼈던 경험보다는 '이렇게 저렇게 하면 행복할 것'이라는 추측의 말이 더 많았다.

"어른들 말을 잘 듣고, 마음을 잘 따라주어서 부모님과 주변의 어른들이 행복하다 해도, 너희들이 불행하다면 소용없는 일이야. 너희들이 행복하려면 어떻게 해야 할까?"

"힘 있는 사람, 문재인 대통령 같은 사람이 우리를 행복하게 만들어 줄 것입니다."
아이들의 대답은 '무엇을 하면' 또는 '누군가'가 우리를 행복하게 줄 것이라는 기대이다.

"행복은 우리가 만들어나가는 거지 문재인 대통령이 어찌 만드노?"

걱정스러운 마음으로 아이들과 대화를 하며 나의 개인적인 삶에 적용한 결론은 깨어있는 의식을 가진 엄마가 되어야겠다는 것이다.

내 아이들보다 세상을 먼저 살아가고 있다는 이유로 이미 세상을 다 이해하고 있다고 착각하지도 말며, 내가 가진 세계관을 주입 시키려 하지도 말고, 위계질서를 잡는답시고 제국통치를 일삼지 말 것이며, 아이도 한 인격체임을 인정하여 존중해야 한다는 여러 교육학자의 말씀을 한 번 더 가슴에 새기는 시간이 되었다.

숲 속 나라의 행복을 온 세상에 자랑하고 온 세상에 퍼뜨릴 날이 돌아오도록 우리는 힘써 배우고 힘써 실행하자.

이원수 선생님의 숲속나라 이야기 마지막 구절을 가만히 읊조려 본다. 제국주의의 무거운 갑옷을 벗고, 휘두르던 무기도 내려놓고, 아이들과 행복한 숲속 나라를 만들어 보리라 다짐하며 생각을 마무리한다.

가족 공동체 신화는
끝났다?

가족과 공동체 품 안에서 사는 삶은 이상적이진 않았다.
가족과 공동체의 억압은 오늘날 국가와 시장의 그것보다
덜하지 않았다. 그 내적 역학은 긴장과 폭력으로 가득하기
일쑤였지만, 사람들에게 선택권은 없었다.

- 유발 하라리, **사피엔스**

'종로 고시원 화재, '창문값' 월 4만 원이 삶과 죽음을 갈랐다.'
화재 진압 시설이 없는 열악한 고시원 3층에서 불이 났다. 계단 출입구 쪽이 화재로 막히자, 사람들은 창문을 통해서 대피했다. 창문으로 대피한 사람들은 생존했지만, 창문이 없는 방에 살던 사람들은 미처 대피하지 못하고 큰 사고를 당했다. 창문이 없는 방의 월세가 4만 원 더 저렴했다고 한다. 작은 월세 차이가 생사를 갈랐다.

지난 11월 9일, 7명이 숨진 고시원 화재 사고의 인터넷 기사 일부이다. 사망자들은 대부분 40~60대의 일용직 노동자들로 한 건물에 살면서도 서로의 이름도 모르고 지낸 것으로 나타났다. 같은 현관으로 드나들고, 어깨가 서로 부딪칠 만큼 좁은 복도를 같이 쓰고, 공동 식당에서 매일 식사를 하면서도 대부분 이름조차도 모르고 지냈다는 것이다.

'이웃사촌', '한 지붕 세 가족' 등 이웃들과 친밀하게 지내던 도시

서민들 이야기도 이제 드라마에나 나오는 옛 모습이 되었다. 고급 아파트는 물론이고 쪽방 고시원까지 이웃이 없다.

고시원은 과거 사법시험 등을 준비하는 수험생들이 고시 학원 근처에 학습 공간 겸 숙소를 얻어 공부하던 곳이었다. 원래는 장기적인 주거 공간이 아니었지만, 요즘은 독신 저소득층의 1인 주거시설로 자리 잡았다고 한다. 도시에는 고시원 외에도 원룸, 오피스텔, 고시텔 등 다양한 1인 주거 시설이 있고, 그 수도 많다.

우리나라 1인 가구 수는 얼마나 될까? 2018년 4월 보건복지부가 발간한 '통계로 보는 사회보장 2017'에 따르면 우리나라 1인 가구 수는 2016년 기준 539만 8000가구로 집계됐다. 2035년에는 약 764만 가구, 2045년에는 약 810만 가구로 3명 중 1명은 혼자 살게 되리라 추정 한다.

1인 가구의 증가는 가족공동체가 해체되고 있다는 의미이며, 앞으로 우리의 삶은 더 외롭고 불행할 것이라고 우려하는 사람들이 많다. 이렇게 많은 사람이 가족해체를 걱정하고, 친밀한 공동체를 원하는데 세상은 왜 반대로 흘러가는 걸까?

유발 하라리는 이를 산업혁명이 불러온 격변이라고 말한다.

우리가 아는 한 인류는 가장 초기부터, 그러니까 1백만여 년 전부터 대부분 친척들로 구성된 작고 친밀한 공동체에서 살았다. 인지혁명과 농업혁명이 일어난 후에도 상황은 달라지지 않았다. 이런 혁명 덕분에 가족과 공동체가 뭉쳐서 부족, 도시, 왕국, 제국이 만들어졌지만, 모든 인류사회의 기본 단위가 가족과 공동체라는 점은 바뀌지 않았다. 하지만 산업혁명은 불과 2세기 만에 이 단위들을 산산이 깨부쉈다. 가족과 공동체가 수행하던 전통적 기능은 대부분 국가와 시장에게 넘어갔다. (중략)

산업혁명 이전 대부분 사람은(중략) 가족 농장이나 가족 공방 같은 가업에 종사하거나 이웃집에서 일했다. 가족은 또한 복지시스템, 의료시스템, 교육시스템, 건축 산업, 노동조합, 연금 펀드, 보험회사, 라디오, TV, 신문, 은행, 심지어 경찰이었다.

어떤 사람이 병에 걸리면 가족이 그를 보살폈다. 그가 늙으면 가족이 그를 부양했고, 아들딸이 그의 연금이었다.

전통적으로 가족이 직접 하던 가족복지 업무의 대부분을 지금은 국가와 기업이 대신 한다. 아들 딸은 이제는 부모의 연금이 아니며, 병에 걸린 부모를 직접 돌보지 않는다. 대신 기업을 위해 일하고, 국가에 세금을 낸다. 국가는 자식들이 낸 세금으로 부모에게 복지를 제공하고, 요양보호사를 보내서 치매 걸린 부모를 돌보게 한다.

산업혁명 이전에는 부모가 늙고 병들면 자식이 직접 돌보는 것이 당연했고, 가능한 일이었지만, 지금은 불가능한 구조이다. 현대인은 국가와 기업을 위해서 일하는 시간이 정해져 있어서, 가족이 불러도 즉시 달려갈 수 없기 때문이다.

1백만 년 동안 견고했던 가족 공동체가 겨우 200년의 산업화로 해체되고 있다. 변화의 속도나 강도로 볼 때, 이것은 산업혁명 못지 않은 '가족혁명'이다. 인지혁명과 농업혁명을 거치고도 변함없었던 가족 공동체가 단 200년 만에 해체의 길을 걷게 된 까닭은 무엇일까?

유발 하라리의 『사피엔스』에서 그 단서를 찾을 수 있다.

가족과 공동체 품 안에서 사는 삶은 이상적이진 않았다. 가족과 공동체의 억압은 오늘날 국가와 시장의 그것보다 덜하지 않았다. 그 내적 역학은 긴장과 폭력으로 가득하기 일쑤였지만, 사람들에게 선택권은 없었다. 1750년경 가족과 공동체를 잃은 여성은 죽은 목숨이나 다름없었다. 직업도 없고, 교육도 받지 못했으며, 병들고 곤궁할 때 도와줄 곳이 없었다. 집에서 도망친 소년 소녀가 기대할 수 있는 것은 기껏해야 다른 집안의 하인이 되는 것이었다. 최악의 경우 군대나 매춘굴이 기다리고 있었다.

유발 하라리는 가족 공동체의 삶이 대부분의 구성원에게 윤택하거 나 행복하지 못했다고 한다. 국가의 권력이 가족 공동체 우두머리에 게 위임될 때, 가족 관계는 위계질서가 엄격한 수직관계가 된다.

유교 국가에서는 '군사부일체'라는 말처럼, 가장에게 한 집안의 지 배권을 주고, 웬만한 일은 남이 간섭하지 않는 것이 불문율이다. 각 집안에서는 '장유유서'로 질서를 잡고, 각자의 분수에 맞게 살아야 한다. 이처럼 가족이 서로 지배하고 지배받는 문화가 오랫동안 유지 되어온 것은, 인간 개인이 혼자 생존할 능력이나 그럴만한 사회적 환경이 갖추어지지 않았기 때문이었다.

처음부터 선택권도 없었고, 설령 공동체를 떠날 수 있다 해도 더 최악의 상태가 될 것이 뻔하기 때문에 참고 견딜 수밖에 없었다. 1백 만 년을 견고하게 버텼던 가족 공동체 신화가 사실은 모래성처럼 쉽게 무너질 취약한 구조였음을 알 수 있다. 지배받기 싫어하는 인간 본성에 어긋나는, 불합리한 제도는 반드시 무너지게 마련이다. 오래 되었다고 해서 옳거나 튼튼한 것은 아니다.

오늘날은 산업혁명 덕분에 개인이 가족을 떠나도 혼자 생존할 수 있는 능력과 사회적 환경이 갖추어졌다. 거기다 국가와 자본주의 시장은 가족 공동체를 초토화 시킬 강편치를 계속 달려댄다.

"개인이 되어라. 누가 되었든 네가 원하는 사람과 결혼하라. 부모의 허락을 받을 필요는 없다. 네게 맞는 직업을 택하라. 그 때문에 공동체의 연장자가 눈살을 찌푸리더라도. 어디가 되었든 네가 원하는 곳에서 살아라. 그 때문에 가족 식사에 매주 참석할 수 없게 되더라도. 당신은 더 이상 가족이나 공동체에 얽매일 필요가 없다. 그 대신 우리, 즉 국가와 시장이 당신을 돌볼 것이다. 식량과 주거, 교육과 의료, 복지와 직업을 제공할 것이다. 연금과 보험을 제공하고 당신을 보호해줄 것이다."

유발 하라리는 국가와 자본주의 시장이 개인주의를 부채질하기 때문이라고 한다. 과연 그것이 전부일까?

자연계에서 독립적인 생존 능력을 갖춘 대형포유류들은 대부분 무리를 이루지 않고 홀로 다닌다. 새끼가 어미를 떠나 홀로 살 때, 부모의 역할은 끝난다. 다 자란 동물은 짝을 찾아 새끼를 낳고, 새끼를 키워 독립시키는 사이클을 반복할 뿐 부모를 봉양하는 일은 없다. 동물의 본능은 새끼를 향할 뿐, 거슬러 역행하는 법이 없다.

인간의 본능 또한 생존과 관련된 많은 부분이 동물과 비슷하다. 우리는 가족이 가장 오래되고 자연스러운 공동체이며, 자녀가 부모를 따르고 섬기는 것이 당연하다고 생각하지만, 이는 오직 아이들이 자신의 생존을 위해 부모를 필요로 할 때까지 뿐이다. 아이들이 독립하면, 부모에게 복종할 의무로부터 해방되고, 부모는 책임으로부터 해방된다. 만약 그들이 계속해서 같이 산다면 이는 자연적인 것이 아니라 사회 문화적인 힘이거나, 또는 필요에 의한 것이다. 가족 공동체를 지탱해온 것은 자연적인 것이 아니라 문화 유지를 위한 교육의 힘, 또는 생존을 위한 필요였다.

농경시대에는 가족이나 친족이 모여 사는 것이 경제생활에 유리했고, 우리 조상들은 집단을 이루고 사는 가족공동체의 질서와 평화를 위해서는 효를 바탕으로 한 유교문화가 가장 이상적이라고 생각하였다. 조선시대는 국가적 차원에서 이를 장려하고, 교육과 상벌로 실천을 독려하였다. 삼강오륜, 효자문, 열녀문, 홍살문 등 교육과 상벌의 흔적은 지금도 곳곳에 남아있다.

무리를 지어 생활하는 동물들은 대부분 자연에서 독립생활을 할 수 없는 약한 동물들이다. 인간이 사회를 이루고 사는 이유도 마찬가지다. 인간은 약하기 때문에 협력해서 먹을 것을 사냥하고, 아이들을 키웠다. 협력하고 싶어서가 아니라 혼자서는 살아갈 수 없을 만큼 나약해서이다.

그러나 인간은 태생적으로 사회적 본능을 지닌 개미나 꿀벌이 아니며, 자기중심적 본능이 강하므로 언제든 사회적 협력 관계를 깨뜨릴 기회를 노린다. 현대는 인류 역사상 가장 풍요로우며, 가족이 아닌 국가와 시장으로부터 생존을 보장받는 시대이다. 따라서 효를 기반으로 한 전통적인 가족문화는 더 이상 유지되기 어렵다.

그렇다고 해서 가족 공동체가 없어도 될 만큼 완벽하게 자립적인 인간도 없다. 인간은 누구나 자유와 독립을 원하면서 동시에 안전한 공동체를 그리워하는 모순된 존재이다. 인간관계의 확대를 원하면서도 친밀하고 끈끈한 관계는 부담스러워한다. 대단지 아파트나 고시원처럼 밀집해 살면서도, 신상이나 사생활까지 공유하는 관계는 불편해하며, 나이, 직위 등 위계에서 벗어난 수평적 관계를 원한다.

고시원 사람들이 벽 하나를 사이에 두고 있으면서도, 서로에게 적당히 거리를 두고 지낸 것은, 친밀한 관계보다 개인의 자유를 더 중히 여기는 인간의 본성 때문이다. 도시의 수많은 아파트 거주자들 역시 마찬가지다. 가족공동체 붕괴, 1인가구의 증가는 이제 거스를 수 없는 대세가 되고 있다. 이는 가족공동체 관계도 새롭게 정립되어야 함을 시사한다.

요즈음은 은퇴기에 접어든 5060 세대가 위기라고들 한다. 이들 부부는 이삼십 년 이상을 가부장적 가족문화 속에서 살아왔다. 가족 내 남녀의 역할이 고정되고, 자신도 모르는 사이에 어느 한쪽(대부분 아내들)이 가족을 위해 희생하는 불평등한 관계가 형성된다. '자식 기르기'라는 공동 과업이 수행되는 동안에는 대부분 아내들이 참고 견디지만, 자식이 독립하고 나면 더는 불평등을 참을 이유가 없으므로, 인간 본래의 대등한 관계로 되돌아가려 한다. 조건 없는 사랑과 희생을 발현하는 유전자는 자식이 성장할 때까지만 작동할 뿐, 부모나 배우자에게는 향하지 않는 자연의 법칙 때문이다.

그래서 은퇴기의 부부는 관계개선이 필요하다. 더 시중들기 싫어하는 불친절한 여자와 여자의 마음을 살필 줄 모르는 고지식한 남자가 함께 살려면, 둘은 다시 사귀어야 한다. '자식 기르기'라는 공동 과업을 끝낸 두 사람이 함께 사는 법은 지금까지와는 질적으로 달라야 하기 때문이다. 자유로워지고자 하는 인간의 본성도 만족시키고,

홀로 남겨지는 두려움도 막아 줄 협력 관계가 필요하다.

최근 트렌드가 되는 '졸혼', '휴혼' 등은 지배하고 지배받던 부부관계를 대등한 관계로 재정립하려는 새로운 시도로 보인다. 각자가 자유로운 삶을 살면서, 자주 만나고 필요할 때 협력하는 관계로 가족을 유지하는 것이다.

'졸혼', '휴혼'을 가족 붕괴, '개인주의의 끝판'으로 볼 수도 있지만, 개인의 자유를 존중하면서 서로 협력하는 인간관계의 발전으로 볼 수도 있다. 물론 '졸혼', '휴혼' 없이도 그런 발전적인 관계가 된다면 더할 나위 없지만 말이다.

'늘 함께, 늘 곁에'에 있어야 한다고 생각했던 가족 문화도 이렇게 '따로 또 같이'로 변화 중이다. 이처럼 문화는 시대와 상황에 따라 늘 변하는 법, 인간관계에서 옳고 그름은 없다. 관점을 바꾸면 가족 공동체 신화는 끝이 아니다. 새로운 신화 창조가 필요할 뿐.

호모 해피엔스,
길가메시

행복이란 불쾌한 순간을 상쇄하고 남는 여분의 즐거움의 종합이
아니라, 그보다는 개인의 삶을 총체적으로 의미 있고 가치 있는
것으로 바라보는 데서 온다는 것이다. 행복에는 중요한 인지적,
윤리적 요소가 존재한다.
우리는 자신을 '아기 독재자의 비참한 노예'로 볼 수도 있고,
'사랑을 다해 새 생명을 키우고 있는 사람'으로 간주할 수도 있다.
그 큰 차이를 결정하는 것은 우리의 가치체계다.

- 유발 하라리, **사피엔스**

길가메시 프로젝트

기원전 2600년경 고대 메소포타미아 지역의 우르크 왕 길가메시는 반인반신으로 세상에서 가장 힘세고 유능하여 전투에 나서면 누구에게든 승리를 거두었다. 신들은 이를 질투하여 엔키두라는 반인반수를 내려 그와 싸우도록 한다. 그러나 신들의 바람과는 달리 엔키두와 길가메시는 둘도 없는 친구가 된다. 그들은 함께 전쟁에 나가 영웅이 되고, 더욱더 명성을 구가하며 즐거운 나날을 보내게 된다. 어느 날 허무하게 엔키두가 죽게 된다. 친구의 시신 옆에 앉아 그를 관찰했고, 마침내 콧구멍에서 벌레 한 마리가 떨어지는 것을 보게 된다. 그 순간 길가메시는 죽음에 대한 공포에 사로잡혀, 자신은 절대로 죽지 않겠다고 결심하며 영원한 삶을 찾기 위해 여행을 떠난다. 여러 가지 경험을 쌓고 결국은 심연의 바다에서 불로초를 캐어 내는 데 성공한다. 그러나 그가 고향으로 돌아가는 길에 뱀이 불로초를 먹어 버리게 되고 그는 죽음을 받아들여야 하는 존재로서 빈손으로 고향에 도착했다. 길가메시는 여행에서 신두리라는 여인에게서 들었던 말을 떠올리며 지혜를 깨닫게 된다.

"길가메시여, 좋은 음식으로 배를 채우고, 밤낮으로 춤을 추며 즐기시오, 잔치를 벌이고, 기뻐하시오. 머리를 감고 깨끗한 옷을 입고 당신의 자식을 안고 아내를 즐겁게 해 주시오. 이것이 바로 인간의 운명이라오."

이 길가메시 대서사시는 유발 하라리의 저서 「호모 사피엔스」에도 등장한다. 해결이 불가능 할 것 같은 인간의 모든 문제 중에서도 가장 성가시고 흥미롭고 중요한 것이 죽음의 문제라는 것이다.

하지만 새로운 지혜의 한 토막이 그와 함께했다. 그는 깨달았다. 신들은 인간을 창조할 때 죽음을 필연적 숙명으로 정했으며 인간은 그 숙명과 함께 사는 법을 배워야 한다는 것을.

진보의 사도들은 이런 패배주의적 태도에 동의하지 않는다. 과학자에게 죽음은 피할 수 없는 숙명이 아니라 기술적 문제에 불과하다. 사람이 죽는 것은 신이 그렇게 정해놓았기 때문이 아니라 심근경색이나 암, 감염 같은 다양한 기술적 실패 때문이다. 그리고 모든 기술적 문제에는 기술적 해답이 있게 마련이다. 심장이 정상적으로 뛰지 않으면 심장박동 조절기로 자극을 주거나 새 심장으로 교체하면 된다. 암이 날뛰면 약이나 방사선으로 죽이면 된다. 박테리아가 증식하면 항생제로 제압할 수 있다.

인류가 남긴 세상에서 가장 오래전에 기록된 이야기 길가메시 대서사시는 약 5천 년이라는 시간이 흐르고 길가메시 프로젝트로 다시 태어난다. 2013년 9월 구글은 칼리코(Calico : California Life Company)라는 다국적 기업을 만든다. 칼리코에서는 길가가 노인, 메시가 청년이라는 뜻을 이어 노인이 청년이 되는 불로장생 프로젝트를 비밀리에 추진해 오고 있다. 현재 기술적 문제를 바로 해결할 수 있는 것은 아니다. 다만, 세 가지 공학분야- 생명공학, 사이보그(유기물과 무기물을 하나로 결합한 존재) 공학, 마지막 비유기물 공학-로 나뉘어 기술개발 노력을 하고 있다.

첫째, 생명공학은 생물학의 수준에서 인간이 유전자를 설계하여 개입하는 것이다. 유전공학이라 할 수 있다. 40억 년에 걸쳐 이어져 온 자연선택에 도전하고, 진화론을 위반하는 새로운 종을 창조하는 과학혁명인 것이다. 녹색 형광 토끼 '알바'는 브라질의 생물예술가가 2000년에 프랑스의 연구소에 의뢰하여 지극히 평범한 토끼의 배아에 녹색 형광을 발하는 해파리 유전자를 삽입해 만든 것이다. 과거에는 상상할 수 없었던 가능성의 문이 열렸다. 우수한 DNA를 조립하여 새로운 개체를 개발하고 더욱더 우수하고 유용한 생명체를 창조해 낸다. 인공수정 더 나아가 복제인간도 가능할 것이다.

차세대 유전공학은 이로운 지방을 지닌 돼지를 만드는 일쯤은 애들 장난으로 보이게 만들 것이다. 유전공학자들은 벌레의 수명을 여섯 배로 늘렸을 뿐 아니라, 기억과 학습능력이 크게 개선된 천재 생쥐를 만드는 데도 성공했다.

(중략) 앞으로 몇 십 년 지나지 않아, 유전공학과 생명공학 기술 덕분에

우리는 인간의 생리 기능, 면역계, 수명뿐 아니라 지적, 정서적 능력까지 크게 변화시킬 수 있게 될 것이다. 유전공학이 천재 생쥐를 만들 수 있다면 천재 인간을 만들지 못할 이유가 어디에 있는가?

둘째, 사이보그 공학이다. 사이보그는 생물과 무생물을 부분적으로 합친 존재이다. 흔히, 바이오닉 귀, 망막 임플란트, 생체공학적 의수, 그 외에도 심장박동기, 안경과 같이 인간이 타고난 감각과 기능을 보완하고 있는 생체공학적 장치를 개발하는 것을 사이보그 공학이라 할 수 있다. 인지능력은 정상이지만 신체를 전혀 움직일 수 없는 감금 증후군을 가진 환자는 외부와 소통하려면 눈을 조금 움직이는 것밖에 없다. 하지만 몇몇 환자는 자기의 뇌에 전극을 심어서 뇌의 정보를 수집하고 이 신호를 동작만이 아니라 단어로 해석하려고 연구한다고 한다. 결국 환자는 외부세계에 말할 수 있게 될지도 모른다. 언젠가는 이 기술이 다른 사람의 마음을 읽는 데 쓰일 수도 있을 것이다. 이와 같은 맥락에서 사이보그 공학이 더욱더 혁명적이라 할 수 있는 것이 뇌와 컴퓨터를 직접 연결하는 것이다. 인간이 언제든 자신의 뇌를 컴퓨터에 백업시켜 저장해 놓고, 만약 자신이 알츠하이머와 같은 질병으로 인해 기억하지 못하는 상태가 되었을 경우에는 원래의 상태로 돌리는 것이 가능할지도 모른다.

마지막 세 번째 비유기물 공학이다. 알파고로도 유명한 로봇공학이 그것이다. 우리나라의 경우 불과 사오십년 전만 해도 세탁기가 없어서, 개울가에 앉아서 꽁꽁 언 손을 호호 불어가면서 힘들게 빨래를 하지 않았던가. 나의 증조할머니께서는 '사람들이 옷감 짜는 기계는 발명하더라도 모종 심는 기계는 만들어 내지 못할 것이다.'라고 말씀하셨다고 한다. 결국은 그것을 보지 못하고 돌아가셨지만. 인공지능을 이용한 세탁기, 로봇청소기, 자율주행 자동차 등 속히 우리 생활에 필수품으로 자리 잡고 있다. 도시 생활에서도 각종 필수품이 되어 버린 스마트폰과 컴퓨터들만 보아도 사람들은 이미 로봇과 더불어 살고 있다. 언젠가는 비록 생명은 없지만, 사람보다 더욱더 판단력과 사교성이 뛰어난 인조인간이 길거리에 활보하는 것도 가능할 것이다.

불멸을 추구하는 길가메시 프로젝트가 달성되려면 시간이 얼마나 소요될까? 5백 년? 1천 년? 1900년에 우리가 인체에 대해 아는 것이 얼마나 적었던지 그리고 한 세기 만에 우리가 얼마나 많은 지식을 축적했는지 돌이켜보면 낙관할 만하다. 최근 유전공학자들은 예쁜 꼬마선충의 평균 수명을 두 배로 늘리는 데 성공했다. 그들은 호모 사피엔스에 대해서도 같은 일을 할 수 있을까? 나노공학자들은 수백만 개의 나노 로봇으로 구성된 생채공학적 면역계를 개발 중이다. 그 로봇은 우리 몸속에 살면서 막힌 혈관을 뚫고, 바이러스와 세균과 싸우고, 암세포를 제거하며, 심지어 노화과정을 되돌릴 것이다. 몇몇 진지한 학자들은 2050년이 되면 일부 인류는 죽지 않을 것이라고(불멸은 아니다. 사고를 당하면 죽을 수도 있다. 하지만 치명적인 외상을 당하지 않는 한 생명이 무한히 연장될 수 있다.) 전망하다.

조만간 인간의 기대수명이 500년이 된다고 한다. 우리는 어떻게 살아야 하는 것일까?

삶의 의미, 행복

작년 가을 판문점을 가로질러 우리나라로 귀순한 북한 병사가 있었다. 마치 영화 속 한 장면처럼 그는 북한군으로부터 수많은 총상을 입으면서도 자신의 목숨을 걸고 남쪽으로 넘어왔다. 많은 출혈로 인해 생사를 오가는 가운데 그를 죽음 앞에서 살아나게 한 것은 중증외상센터로 신속히 후송되어서라고 한다. 우리나라에서 석해균 선장을 살려내어 쟁점이 되었던 이국종 교수님이 집도하여 실시간으로 귀순 병사의 처치상황이 언론에 보도되었다. 우수한 외상센터와 최고의 의료진을 만날 수만 있다면, 갑작스러운 사고로 인한 치명적인 외상을 입더라도 목숨을 잃지 않을 수도 있다는 것을 알아갈 즈음이었다.

나의 시아버님께서 갑작스럽게 뇌졸중으로 쓰러지셨다. 병원에서 쓰러지셨기에 다행히 우리는 골든타임도 놓치지 않았고 충분히 아버님께서 빠른 회복을 하시리라 생각했지만, 기대했던 것과는 달리 중환자 집중치료실에 입원해 계셔야만 했다. 처음에는 놀란 가슴만 다독이며 면회를 다녔으나 시간이 지나고 익숙해지자 주위를 둘러보게 되었다. 밤낮으로 불을 켜 놓고, 환자라면 인공호흡기, 신장투석기, 기도삽관 등 생명 연장 장치를 5~6개씩 장착하고 있었다. 그곳은 그야말로 죽음의 기로에 선 환자를 다시 살리는 또 하나의 전쟁터였다. 그러던 어느 날 건너편에 누워있는 젊은 남자분을 보게 되었다. 면회 시간이라 이불에 가려져 몸의 상태를 알 수 없지만, 천장을 응시하는 눈빛을 보았을 때는 평범한 의식이 있는 수준인 것 같았다. 간혹 간호사가 몸의 상태를 살피기 위해서 이불을 들추어도 그는 마네킹처럼 시선의 흔들림이 없었다. 마치 감금 증후군에 걸려 있는 것 같았다. 그 순간 나의 뇌리에는 저렇게도 의식은 또렷한 데 몸이 묶여 전혀 내 마음대로 되지 않을 땐 얼마나 답답할까? 나에게도 이런 일이 일어나지 말란 법은 없지 않은가? 저런 상황이라면 나는 무엇을 할 수 있을까? 어떠한 선택을 할 수 있을까? 나는 무엇을 원하고 있을까? 등등 많은 질문이 나를 괴롭혔다.

중환자실 앞 보호자 대기실은 하루가 멀다 하고 보호자들 간에 싸움이 일어났다. 집중치료실에서의 하루는 일반입원실의 하루와 비교했을 때 비용이 많게는 대략 20배 정도 차이가 난다. 비용도 비용이지만 병원에 지속해서 면회를 다니며 환자의 상태를 돌보는 것 또한 현대인에게는 또 하나의 업무가 된다. 게다가 환자들은 의식이 있건 없건 보통 기도삽관을 하기에 직접적인 의사소통도 어렵다. 보호자들은 치료실에서의 처치가 마음에 드는지 환자의 의사와는 상관없이 생명 유지를 위한 처치를 계속할 것인가 말 것인가를 두고 다툼이 일어나는 것 같았다.

집중치료실에서 생명 유지 장치를 장착하고 있는 남자는 살아가기보다는 가족들의 의지로 살아남고 있는 것 같았다. 자기 생각은 여전히 드러내지도 못한 채 말이다. 한편, 귀순한 북한 병사는 죽을 수도 있다는 사실을 알면서도 단 한 번이라도 자유와 행복함을 만끽하는 새로운 삶을 위해 죽음이라는 극한을 가로질러 탈북했다. 그보다는 객관적으로 행복과 자유를 만끽하고 있는 나에게 강렬한 생명력을 짜릿하게 느끼게 해 주었다. 현시점에서 정반대의 삶을 사는 두 사람은 나에게 갑작스러운 사고로 인해 죽음을 생각할 수 있는 삶에 대해 반드시 의미를 부여하라고 명령하는 것 같았다.

 행복이란 불쾌한 순간을 상쇄하고 남는 여분의 즐거움의 총합이 아니라, 그보다는 개인의 삶을 총체적으로 의미 있고 가치 있는 것으로 바라보는 데서 온다는 것이다. 행복에는 중요한 인지적, 윤리적 요소가 존재한다. 우리는 자신을 '아기 독재자의 비참한 노예'로 볼 수도 있고, '사랑을 다해 새 생명을 키우고 있는 사람'으로 간주할 수도 있다. 그 큰 차이를 결정하는 것은 우리의 가치체계다. 니체가 표현한 대로, 만일 당신에게 살아야 할 이유가 있다면 당신은 어떤 일이든 견뎌낼 수 있다. 의미 있는 삶은 한창 고난을 겪는 와중이더라도 지극히 행복할 수 있다. 이에 비해 의미 없는 삶은 아무리 안락할지라도 끔찍한 시련이다.

 길가메시처럼 영생을 꿈꾸며 여행을 다니지 않아도 되는 시대가 다가온다. 5천 년이라는 시간이 흐르는 동안 죽음을 피한 사람은 없었지만, 앞으로는 자신이 죽음을 선택해야 하는 시대가 온 것이다. 길가메시 프로젝트는 사람이 태어나면서 가지고 온 죽음이라는 숙제를 500년이라는 삶을 살고 난 뒤에야 고민해도 되게끔 미루어줄 것이다. 만약 갑작스러운 질병이나 불의의 사고로 보다 빨리 자신의 코앞에 닥친 죽음을 선택할 수 없다면, 아무리 생명을 연장하더라도 그 삶 속에서 행복뿐 아니라 총체적인 삶의 의미를 찾기는 힘들 것 같다.

자신이 어떻게 살고 있는지 매일 체크리스트를 쓰며 자신을 바라보고 반성하고 개선해 나간다고 삶이 더 행복할 수 있을까? 죽음을 떼어내고 억지로 젊어지기 위해서 애를 쓰는 것이 죽음으로부터 해방할 수 있는 길일까? '사람이 어떻게 살아 왔는가?' 하는 평가는 역설적으로 죽은 뒤에야 알 수 있다고 헤로도토스의 「역사」에도 나오지 않았던가.

행복을 얻는 비결은 자신의 진실한 모습을 - 자신이 정말로 어떤 사람인지를 - 파악하는 데 있다는 것이다. 대부분의 사람들은 스스로의 감정, 생각, 호불호를 자신과 동일시하는데, 이는 잘못이다. 이들은 분노를 느끼면 '나는 화가 났다. 이것은 나의 분노다.'라고 생각한다. 그래서 그들은 어떤 감정을 피하고 또 다른 감정을 추구하느라 일생을 보낸다. 그들은 자신과 자신의 감정은 다르다는 것을 알지 못한다. 특정한 감정을 끈질기게 추구하는 행위는 자신을 고통스럽게 만드는 함정이라는 사실도 모른다.

만일 이것이 사실이라면 행복의 역사에 대한 우리의 이해 전체는 오도된 것일 수 있다. 사람들의 기대가 충족되었느냐의 여부, 쾌락적 감정을 즐기는가의 여부는 그리 중요하지 않을지도 모른다. 주된 질문은 사람들이 스스로에 대한 진실을 알고 있느냐 하는 것이다. 오늘날의 사람들이 고대의 수렵채집인이나 중세의 농부보다 이런 진실을 조금이라도 더 잘 이해하고 있다는 증거가 있을까?

가까운 사람들과 행복하게 하루를 사는 것이 인간의 운명이라고 길가메시에게 조언해 준 신두리라는 여인의 말이 귓가에 맴돈다. 그렇다고 눈에 보이지도 않는 행복을 위해 자신의 내면의 진실을 외면

해서는 안 될 것이다.

　하루하루 삶을 살아가는 데 집중하다 때가 되면 생을 마치는
것을 당연히 받아들이는 것이 바로 영원히 살아있는 방법일 수도
있다.

과학은 정답이 없다?

과학혁명은 지식혁명이 아니었다.
무엇보다 무지의 혁명이었다.
과학혁명을 출범시킨 위대한 발견은 '인류는 가장
중요한 질문들에 대한 해답을 모른다.'는 발견이었다.

- 유발 하라리, **사피엔스**

1,500년에 지구 전체에 살고 있던 호모 사피엔스의 수는 5억 명, 오늘날은 70억 명이라고 한다. 연간 총 생산량의 가치는 약 2,500억 달러, 오늘날은 약 60조 달러, 하루에 소비하는 에너지는 약 13조 칼로리, 오늘날은 하루 1,500조 칼로리를 소비한다. 지난 500년 동안 세계 인구는 14배, 생산은 240배, 소비는 115배가 늘었다.

　사피엔스의 힘이 이렇게 경이적으로 커진 이유는 무엇일까? 가장 큰 원인은 16세기에 시작된 과학혁명이다. 유발 하라리는 서양에서 과학혁명이 일어난 근본적인 원인을 이렇게 말한다.

　과학혁명은 지식혁명이 아니었다. 무엇보다 무지의 혁명이었다. 과학혁명을 출범시킨 위대한 발견은 '인류는 가장 중요한 질문들에 대한 해답을 모른다.'는 발견이었다. 근대 이전의 전통 지식이었던 이슬람, 기독교, 불교, 유교는 세상에 대해 알아야 할 중요한 모든 것은 이미 알려져 있다고 단언했다. 위대한 신들, 혹은 전능한 유일신, 혹은 과거의 현자들은 모든 것을 아우르는 지혜가 있었고, 그것을 문자와 구전 전통으로 우리에게 알려주었다. 예컨대 13세기

영국의 어느 농부가 인류의 기원에 대해 알고 싶었다면 그는 기독교 전통 속에 명확한 답이 있다고 생각했다. 그가 할 일은 동네 사제에게 물어보는 게 전부였다.

만약 그 농부가 사제도 모르는 문제, 전통 지식에도 없는 자연과학적인 문제를 물었다면 사제는 어떻게 대답했을까?

"신부님, 가을이 되면 왜 낙엽이 물들까요?"

"신의 뜻이야. 너는 몰라도 돼. 그런 것은 중요하지 않아. 쓸데없는 일에 시간 낭비 하지 마."

우리가 자라면서 수없이 들었고, 지금도 어른들이 아이들에게 많이 하는 말이다. 모르는 것을 모른다고 솔직하게 말하지 않고 '쓸데없다. 중요하지 않다.'라고 마치 정답처럼 말함으로써 의문을 잠재우고 권위를 내세우는 것이다.

모든 것을 알려주려는 생각, 아는 것뿐만 아니라 모르는 것까지도 정답을 내놓는 이런 사고를 유발 하라리는 '중세적 사고'라고 말한다.

'우리는 안다. 이것이 답이다.'라는 사고방식과 '우리는 모른다. 지금 알고 있는 것이 틀릴 수도 있다.'는 생각은 어떤 차이를 만들까?

1492년 크리스토퍼 콜럼버스는 동아시아를 향한 새 항로를 찾아 스페인을 떠났다. 모두가 아프리카 대륙을 돌아서 동아시아로 향할 때, 그는 대담하게도 아무도 시도하지 않았던 대서양 횡단을 시작했다. 당시의 최신 지구과학 이론을 접한 그는 지구는 둥글며, 자전으로 생기는 편서풍을 타고 가면 동아시아에 닿을 수 있다는 과학적 사고로 후원자를 설득할 수 있었다. 모두가 경험만을 신뢰하고 새로운 시도를 두려워할 때, 그는 지식을 기반으로 한 과학적 사고로 신대륙을 발견하는 성공을 이룬 것이다.

그런데 그가 발견한 신대륙은 콜럼버스 대륙이 아니라, 아메리고 베스푸치의 이름을 딴 아메리카 대륙이다. 어쩌다 이렇게 되었을까?

콜럼버스는 여전히 과거의 '완전한' 지도를 믿고 있었다. 그런 지도를 이용한 콜럼버스의 계산에 따르면 일본은 스페인에서 7천 킬로미터 서쪽에 있어야 했다. 그러나 사실 동아시아와 유럽 사이의 거리는 2만 킬로미터가 넘으며, 중간에는 미지의 대륙이 가로막고 있었다.

"육지다! 육지다!"

1492년 10월 12일 오전 2시쯤 콜럼버스 탐험대는 미지의 대륙과 맞닥뜨렸다. 콜럼버스는 자신이 인도 연안의 작은 섬에 상륙했다고 믿었기 때문에 그곳-오늘날 우리는 그곳을 동인도 제도라고 부른다-에서 발견한 사람들을 '인디언'이라고 불렀다. 콜럼버스는 평생 그렇게 오해했다. 완전히 새로운 대륙을 발견했다는 생각은 그로서는 받아들일 수 없는 것이었으며, 그의 세대의 많은 사람들에게도 마찬가지였다.

유발 하라리는 콜럼버스를 신대륙을 발견한 위대한 업적을 이루었음에도 '여전히 중세인'이라고 말한다. 자신이 세계 전체를 안다고 확신하고, 자신이 들고 간 지도가 틀릴 수도 있다는 생각을 못 한 점이 중세인의 한계, 즉 콜럼버스의 한계였다는 것이다. 그래서 500년이 지난 지금도 우리는 아메리카 원주민을 '인디언'이라고 부른다. 콜럼버스 한 사람의 오해가 지구인 전체를 오개념에 빠뜨린 셈이다.

학교에서 아이들과 과학 실험을 할 때, 선행학습으로 정답을 미리 알고 있는 아이들은 실험 결과가 다르게 나오면, 정답에 맞게 결과를 조작하려고 한다. 자신이 안다고 확신할 때, 실제 결과가 다르면 대부분 사람들은 정답을 의심하기보다는 결과를 억지로 정답에 끼워 맞추려는 경향을 보인다. 우리는 아직도 '중세인의 시각'으로 문제를 해결하려고 함을 곳곳에서 발견할 수 있다.

최초의 근대인은 아메리고 베스푸치였다. 그는 1499년~1504년 사이에 여러 차례 아메리카 탐험대에 참가했던 이탈리아 선원이었다. 1502년부터 1504년 사이, 그 탐험의 내용을 담은 두 건의 문서가 유럽에서 출간되었다. 저자는 베스푸치로, 이들 문서의 주장에 따르면, 콜럼버스가 새로 발견한 섬들은 동아시아 연안의 섬들이 아니라 완전히 새로운 대륙으로, 성경이나 고전 지리학자, 동시대 유럽 지식인들이 전혀 몰랐던 곳이라고 하였다.

1507년 지도 제작자 마르틴 발트제뮐러는 최신판 세계지도를 출간하게 된다. 그는 아메리고 베스푸치의 문서를 보고 신대륙을 처음으로 지도에 표시하면서 '아메리고'를 기리는 이름을 붙이게 된다. 이 새로운 지도가 멀리 퍼져나가면서 '아메리고'의 이름도 함께 알려진 것이다. 신대륙을 처음 발견한 콜럼버스로서는 무척 억울할 일이다.
'정답을 의심'하는 근대적인 시각을 가지면, '잘 모르니까' 관찰하고, 조사하고, 여러 가지 증거를 수집하여 판단하는 방법으로 문제를 해결한다.
콜럼버스의 위대한 발견과 베스푸치의 근대적 사고로 결실을 맺은 이 사건은 인류 역사에서 '인식의 대전환'을 가져왔다. '우리는 모른다.'를 자각한 유럽인들은 새로운 지식을 찾아 맹렬하게 나서기 시작했다. 신대륙의 지리, 기후, 식물, 동물, 언어, 문화, 역사 등 '모르는 모든 것'을 찾는 탐구의 행렬이 이어졌다. 찰스 다윈도 이 대열에 합류하였기 때문에『종의 기원』이라는 위대한 걸작을 남길 수 있었다.

별 볼일 없던 유럽이 과학혁명으로 전 세계를 주도하며 산업혁명, 지식혁명으로 발전을 거듭하게 된 핵심은 '무지의 인정'이다. 이것이 바로 과학적 사고방식의 핵심이다. 오늘날 과학자들은 '과학에는 정답이 없다.'고 말한다. 몇 천 년 동안 정답으로 알았던 지식도 새로운 답으로 바뀌고, 현재의 지식도 언제 바뀔지 모르기 때문이다. 그래서 가장 타당하고 일리 있는 답을 찾아서 끊임없이 연구하며 새로운 증거를 찾는다. 이처럼 역동적이고 유연하며 탐구적인 사고방식이 과학혁명을 이끌었다.

'저 밖에 뭐가 있는지 나는 모른다. 그러니 밖으로 나가서 새로운 발견을 해야겠다. 가자, 낯선 세계로!'

16세기, 무지를 인정한 용기 있는 사람들이 과학혁명을 이끌었다면, 우리는 자신을 지식혁명으로 이끌 수 있다. 그 시작은 먼저 자신의 무지를 인정하는 것부터다.

허구를 믿는 사피엔스

세 번째 보편적 질서는 종교다.
종교는 돈과 제국 다음으로 강력하게 인류를 통일시키는
역할을 했으며, 역사에서 핵심적 역할은 취약한 구조에
초월적 정당성을 부여하는 데 있었다.

– 유발 하라리, **사피엔스**

2018년은 유발 하라리의 『사피엔스』를 만난 해이다. 유발 하라리는 인류의 진화 과정에서 일어난 문명의 진화와 병폐, 역사의 흐름, 인간 사피엔스의 속성, 현재 인류의 병폐를 존경스러울 정도로 대단한 통찰로 꿰뚫고 있으며 인류에 의한 미래사회의 경고를 역설하고 있다.

　약 7만 년 전 호모사피엔스가 등장한 이래 인류 문명은 많은 발전을 거듭해 왔으며 지금도 발전은 계속되고 있다. 현대 일반인들의 의식주 수준은 오래전 어느 왕보다 더 나은 수준으로 발전했지만, 인간의 욕심은 멈출 것 같지 않다. 인간은 어디까지 발전을 하고 싶은 것일까? 인간은 무엇이 되고 싶은 것일까? 미래의 좌표를 설정하기 위해 인류의 발전 과정과 인간 종족 호모 사피엔스의 사회적 속성을 짚어볼 필요가 있다.

　'유발 하라리'는 인간 문명의 발전 과정을 인지혁명, 농업혁명, 과학혁명으로 설명하고 있다.

고대 사피엔스는 오랜 기간 동안 다른 고대 인류보다 더 나을 것이 없는 존재였으나 인지혁명을 거치면서 다른 고대 인류를 뛰어넘는 종으로 발전했다. 약 7만 년 전 일어난 인지혁명은 수렵 채집인으로서의 호모 사피엔스에게 집단적인 사냥이 가능하게 했으며 규모가 더 크고 응집력이 강한 집단 형성을 이룰 수 있도록 했다. 인지혁명은 '허구를 말할 수 있는 능력'으로 '가상의 실제' 즉, 전설, 신화, 신, 종교 등의 모든 사람을 하나로 묶는 공통된 믿음을 만들어 냈다. 인지혁명은 매우 다양한 형태의 모습으로 나타났으며 다른 규범과 가치로 발전하여 다양한 문화를 이루어 내는 원동력이 되었다. '가상의 실재'는 거대한 협력을 가능하게 했으며 후에 수십만 명이 거주하는 도시와 제국의 건설을 이루게 되는 초석이 되었다.

그러나 유발 하라리는 사피엔스를 산업혁명 훨씬 이전부터 다른 인류를 멸종시키고, 모든 생물을 아울러 가장 많은 동물과 식물을 멸종으로 몰아간 장본인으로 꼬집고 있다.

거대한 힘을 갖는다는 것은 많은 것을 가능하게 하지만 사피엔스가 결국 동물들과 주위 생태계를 황폐화한 주범이 된 것을 볼 때 거대한 힘의 방향, 즉 올바른 방향으로의 가치를 추구하는 사피엔스가 되어야 한다는 것은 분명하다.

사피엔스가 겪은 두 번째 큰 문명의 변화는 '농업혁명'이다. 250만 년간 수렵 채집의 생활을 이어가던 사피엔스는 불과 1만 년 전부터 씨를 뿌리고 온종일 농업과 목축을 하는 노동자로서의 삶을 선택하게 된다.

그러나 농업인이 된 사피엔스는 해 뜰 때부터 해 질 때까지 고된 노동에 시달리게 되었다. 사실 이전의 수렵채집인으로서의 삶은 하루 몇 시간의 노동으로 충분한 것이었고 사냥은 매일 하는 것이 아니었으므로 더욱 고단한 삶으로 전락한 셈이다. 인류가 좀 더 안락한 생활을 위해 선택한 농업은 잉여 식량을 만들었으나 이는 농업인들을 위한 것이 아니었다. 잉여 식량은 거대한 협력의 네트워크를 통해 도시와 왕국 그리고 상업망을 가능하게 했다. 그러나 사실상 여기에서 협력은 농민들의 자발적인 협력이라기보다는 업압과 착취를 뜻하는 것이었으며, 농민들은 영양실조와 질병 그리고 노예와 같은 노동에 시달리는 결과를 낳고 말았다. 수렵채집의 떠돌이 생활에서 안락한 정착의 생활에 길든 사피엔스들은 농업을 그만두고 다시 수렵채집인으로 돌아갈 수도 없는 '사상 최대 사기의 덫'에 걸린 것으로 꼬집고 있다. 현대 도시인들이 일터에서 노동력을 착취당하지만 결국 비인간적인 처우로 비참하게 생활하는 것도 농업혁명 이후의 농민들과 결코 다르지 않은 것 같다.

농업 혁명을 통해 축적된 잉여 식량들은 거대 도시 건설과 거대 제국을 만들어 내었고, 이 거대 제국들의 질서를 유지하고 지탱하기 위한 '상상 속의 질서'가 필요했다. 고대 바빌론의 사회적 질서가 되었던 함무라비 법전에서는 효과적인 협력을 위해서 왕의 신민 모두가 위계질서 상의 자기 자리를 받아들이고 그것에 맞게 행동하라는 전제를 언급하고 있다.

유발 하라리는 거대제국을 움직이기 위해 사람들이 창조한 상상의 질서를 다음의 세 가지로 요약하고 있다.

첫째, 최초로 등장한 보편적 질서는 화폐 질서다. 돈은 부의 전환과 저장 및 이동을 값싸게 하도록 만들었기 때문에 복잡한 상거래망을 가능하게 하고, 엄청난 규모의 시장이 복합적이고 역동적으로 작용하는데 결정적인 기여를 했다.

돈은 사람들이 항상 원하는 것으로, 거의 모든 것을 바꿀 수 있는 보편적인 교환수단으로 이방인과의 협력까지도 쉽게 유도할 힘이 있다. 거의 모든 세상을 움직이는 것처럼 보이는 돈은 두 가지 보편적 원리를 기반으로 하고 있다.

1. 보편적 전환성 : 돈이 있으면 당신은 마치 연금술사처럼 땅을 충성심으로, 사법을 건강으로, 폭력을 지식으로 변환할 수 있다.
2. 보편적 신뢰 : 돈을 매개로 삼으면 임의의 두 사람은 어떤 프로젝트에도 협력할 수 있다.

그러나 인류를 움직이는 힘이 돈으로만 이루어지는 것은 아니다.

두 번째 보편적 질서는 정치적인 것 즉 제국의 질서였다. 제국의 이데올로기는 인종적 배타성과 대조적으로 모든 것을 아우르는 경향이 있으며, 제국은 세계에서 가장 일반적인 형태의 정치조직으로서 제국의 틀 속에 인류는 하나의 대가족으로 인식되었다.

키루스와 페르시아에서 시작된 새로운 제국관은 알렉산드로스 대왕에게로,

그에게서 다시 고대 그리스의 왕, 로마의 황제, 무슬림 칼리프, 인도의 세습군주, 그리고 마침내 심지어 소련의 지도자와 미국 대통령에게로 이어졌다. 이처럼 자애로운 제국관은 제국의 존재를 정당화하고 피지배 민족들의 반란 시도를 무효화했으며 독립된 민족들이 제국의 팽창에 대항하려는 시도까지 무효화했다.

제국은 많은 작은 문화를 융합해 몇 개의 큰 문화로 만들어낸다. 제국의 문화는 제국의 통치를 편하게 하기 위해서 그리고 자신들을 정당화하는 데 이용되었다. 중국은 '황제에게 천명이 부여된 것은 세상을 착취하라는 것이 아니라 인간성을 가르치라는 의도에서였다.'라고……. 로마인들은 자신들이 야만인들에게 평화와 정의와 교양을 전해주고 있다고 주장했다. 영국은 자유주의와 자유무역을 퍼뜨리겠다는 소명을 걸었으며, 소련은 프롤레타리아의 유토피아적 혁명을 기치로 내세웠다. 오늘날 많은 미국인은 제3세계에 민주주의와 인권의 혜택을 전해주어야 한다고 정당화한다.

그러나 거대 제국의 문화에서 이익을 보는 집단은 따로 정해져 있는 경우가 대부분이었다. 피정복인들은 제국의 문화에 동화되는 길고 고통스러운 과정을 겪어야 했으나 여전히 야만인으로 소외되고 배제되는 불평등을 겪어야 했다. 유발 하라리는 미래에는 인종 집단, 국가 간의 경계를 넘어서는 새로운 지구제국의 부름을 받게 될 것이라고 예언한다.

미래 지구제국의 피정복인으로 살아갈 때 겪게 될 고통은 어떤 것일까? 어떤 지배계층이 어떤 문화를 가지고 자신들을 정당화하며 피지배계층을 현혹할 것인가? 그리고 거기서 우리는 오랜 기간 새로운 미래 제국에 동화되는 데 고통을 겪게 될 피지배계층에 속할 것인지 아니면 새로운 문화의 주류로서 우리가 지배 계층이 될 것인지가 관건일 것이다.

세 번째 보편적 질서는 종교다. 종교는 돈과 제국 다음으로 강력하게 인류를 통일시키는 역할을 했으며, 역사에서 핵심적 역할은 취약한 구조에 초월적 정당성을 부여하는 데 있었다.

이집트, 로마, 아즈텍인의 종교는 다신교로 피정복민에게 자신의 종교를 피정복민에게 개종시키려고 하지 않고 종교적 관용을 베풀어 다양한 종교와 의례를 받아들였다.

그러나 기독교로 대별되는 일신교는 다신교보다 훨씬 더 광신적이었고, 전도에 헌신하는 경향이 있었다. 지난 2천 년간 일신론자들은 역사상 가장 피비린내 나는 종교전쟁을 일으키고, 전 세계에 선교사를 파견하여 자신의 종교를 퍼뜨렸고 오늘날에는 동아시아를 제외한 다른 지역 사람들은 대부분 유일신을 믿고 있다.

유발 하라리는 종교를 초자연적 질서에 대한 믿음을 기초로 한 인간의 규범과 가치 시스템이라고 보고, 세상의 신념들을 '신 중심의 종교'와 자연법칙을 기반으로 한 '신 없는 이데올로기' 두 종류로 구분하고 있다. 그는 자유주의, 공산주의, 자본주의, 민족주의, 국가사회주의 등을 자연법칙 종교로까지 인식하고 있다.

유신론적 종교는 신에 대한 숭배에 초점이 있지만, 인본주의적 종교는 사실 호모 사피엔스를 숭배한다고 보았으며, 인본주의에서의 최고의 선은 호모 사피엔스의 선으로, 나머지 세상 전부와 여타의 모든 존재는 오로지 이 종을 위해서 존재한다고 보았다. 그리고 자유주의적 인본주의의 주된 계명을 '인권'이라고 부른다.

그동안 전개된 역사와 인류의 문화는 인간이 목숨까지 걸고서 헌신하게 했고 그 문화는 전 세계로 퍼져나갔다. 사피엔스의 문화는 '밈'이라 불리는 문화적 정보 단위의 복제를 통해 인류의 유전자에 기억되어 자신의 밈을 증식시키며 성공적으로 바이러스처럼 퍼져나가고 있다.

그러나 문화가 인류에게 이익이 되는 방향으로만 작동하는 것은 아니다. 개별 인간은 너무나 무지하고 나약해서 이 문화의 희생양이 될 수 있다. 거대 제국, 세계 제국을 움직이는 상상의 질서 속에서 나약한 인간이 비참하게 이용당하지 않도록 문화의 흐름을 깊이 있게 통찰하고 냉철하게 바라보아야 한다.

마지막으로 인간 문명의 발전과정 '과학혁명'을 되짚어 보자. 과학혁명으로 인간은 새로운 것을 할 수 있는 능력을 갖게 되었다.

근대 이전의 지배자들은 자신의 지배를 정당화하고 전통적 지식을 확산하여 기존 질서를 유지하기 위해 교육과 학문에 자금을 제공했다.
근대 이후 지배자들은 자신의 힘과 능력을 높이기 위해 과학기술에 자금을 제공한다. 세계의 군대는 과학연구와 기술개발의 정점에 있다.

　과학과 산업과 군사기술은 자본주의 체제와 산업혁명이 등장하면서 비로소 서로 얽히기 시작했고, 일단 그 관계가 정립되자 세상은 급속히 변했다.

　종교관에 사로잡혀 있던 근대 이전에는 전지전능하신 신이 모든 것을 알고 있고, 성서만 들면 모든 것이 해결된다고 생각했으며, 성서에 나오지 않는 것들은 별로 중요하지 않다고 생각했다. 세상의 온갖 어려움을 신을 통해 해결할 수 있다고 생각했다. 전지전능한 신에 기댐으로써 인간의 나약함을 보상받고자 한 것이다.
　그러나 사실 인간이 모르는 것이 너무나 많다는 사실, 무지의 발견 이후 과학이 풀기 힘들었던 문제를 하나하나 풀기 시작하자, 인류는 우리가 새로운 지식을 얻고 적용함으로써 어떤 문제든 다 극복할 수 있을 거라고 확신하게 되었다.
　가난과 인간의 고통을 신에 기대기보다는 작물학, 경제학, 의학, 사회학의 발전에 기반한 사회 정책으로 생물학적 가난은 해결이 되었다.
　그러나 과학은 스스로 어떤 방향으로 진보해 나아갈지 스스로 결정할 수 없다.

　과학연구는 모종의 종교나 이데올로기와 제휴했을 때만 번성할 수 있다. (중략)
　과학자들은 제국주의 프로젝트에 실용적 지식, 이데올로기적 정당화, 기술적 장치를 공급했다.

유럽 제국들은 과학과 손잡고 수많은 나라를 침범하여 정복국을 착취하여 부를 획득했으며 인종적 차별을 낳았다. 요즘은 인종적 차별이 '문화주의'라는 이름으로 차별과 전쟁의 구실이 되고 있으며 미국이나 중국 등 선진국들은 오늘날까지도 막강한 과학의 힘으로 힘이 없는 나라들을 누르고 자신들에게 유리한 방향으로 힘을 작용하고 있다.

과학혁명은 또한 자본주의의 힘으로 더 강한 힘을 발휘했다. 근대 경제사는 신용이라는 자본의 형태로 무한한 성장을 이룩했고 지금도 경제의 '파이'는 끝을 모르고 커지고 있다. 근대에 이르러 귀족 계급은 자본주의자 엘리트가 차지하여 성장이 최고의 선이 되는 시대를 낳았다.

무한한 성장이 가능한 것일까? 무한한 성장을 위해 오늘날 대부분의 사람들은 소비지상주의의 이념을 성공적으로 준수하며 소비하고 있다. 인간의 끝없는 욕망으로 인류는 지구상의 많은 종을 멸종시켰으며 주변 생태환경을 파괴하고 지구온난화, 해수면 상승, 광범위한 오염을 일으켜 인간 자신마저 살기 어려운 환경 파괴를 초래하고 있다.

또한 산업혁명을 거치면서 가족과 지역 공동체가 붕괴되고 개인은 소외된 개인으로 전락했다. 인류는 가장 초기부터 가족, 친척으로 구성된 친밀한 공동체 속에서 살아왔으나 산업혁명을 거치면서 개인은 상상의 공동체의 구성원으로 전락하고 만다. 소외된 개인은 국가가 만든 상상의 공동체인 '국민'으로서, 시장이 만든 상상의 공동체인

‘소비 공동체’의 한 구성원으로서 서로 잘 알지 못하는데도 서로 안다고 상상하며 허구의 관계를 나눈다. 상상의 공동체 속에서 누군가의 이익을 채워주고 있는지 인식하지 못한 채 쉽게 조종당하고 감정적 공백을 채우기 위해 더 많이 소비하며 더 많은 빚을 떠안는다. 상상의 공동체 속 인간은 더 행복한가?

요즘 인간은 소비하는 것에 의해 규정되며 소비가 개인의 정체성이 되기도 한다. 우리의 소비 패턴에 대해 좀 더 냉정하게 생각하고 꼭두각시 같이 조종당하는 삶을 살지는 말아야 한다. 가족의 힘, 친구, 지역 공동체의 결속으로 소외된 개인에게 손을 내밀어야 할 때이다. 가장 인간다운 행복이 무엇인가 따져보아야 할 때이다.

인간의 힘이 나약한 기간 동안 인간은 종교에 의지하며 살아왔다. 그동안 인간이 할 수 있는 것은 유한하였고, 서로의 것을 뺏으며 살아왔다. 그러나 과학의 힘으로 인간이 할 수 있는 것은 끝이 없는 것처럼 보인다. 인간은 전지전능한 신의 반열에 있으며 너무나 많은 것을 누리며 살고 있다. 과학의 힘으로 질병과 노화의 원인이 되는 생리적, 호르몬적, 유전적 시스템을 연구하여 인류에게 영원한 생명을 주려 하고 있다.

1818년 메리 셸리는 『프랑켄슈타인』에서 우월한 존재를 창조하려 시도한 과학자가 결국은 괴물을 만들어 낸다고 경고하고 있지만, 미래의 프랑켄슈타인 박사는 과학의 힘으로 우리보다 진실로 우월한 존재를 창조할 수 있다고 본다.

가즈오 이시구로의 『나를 보내지 마』에서는 영국의 ‘헤일섬’이라는 기숙학교에서 생활하고 있는 기증자들의 삶을 구현하고 있다. 캐시, 토미, 루스 등 또 다른 인격체로서 '클론'들의 삶을 그들의 시각으로 그려내고 있다. 이 소설은 인간이 죽음을 거스르기 위해 또 다른 나를 복제하여 내가 필요할 때마다 장기를 기증받으며 죽지 않는 존재로 살아간다는 상상을 기반으로 하고 있다. 2050년이 되면 일부 사람들이 이미 죽지 않는 존재가 되어 있을지도 모른다. 불멸을 향한 탐구인 '길가메시 프로젝트'는 사람들의 병을 고치고, 목숨을 살리기 위해서라고 정당화하며 과학의 힘으로 죽음을 초월한 영원한 삶을 추구하는 또 다른 사피엔스 종족을 만들어 낼지도 모른다.

그러나 길가메시 프로젝트는 모든 인류를 위한 청사진이 아니다. 돈을 지불 할 수 있는 일부 사람을 위한 또 하나의 소비의 형태가 될 수 있다.

인간의 죽음까지도 통제할 수 있게 된 이 시점에서 과학을 움직이는 사회적 가치로서 인간의 발전 방향을 잘 잡아야 한다. 어떤 것이 진정 인간을 위한 길인가? 무엇을 우리는 원할 것인가?

사피엔스가
'사피엔스'를 읽다.

하지만 허구 덕분에 우리는 단순한 상상을 넘어서 집단으로 상상할 수 있게 되었다. 우리는 성경의 창세기, 호주 원주민의 드림타임(시공간을 초월해 과거 현재 미래가 하나로 존재하는 장소) 신화, 현대 국가의 민족주의 신화와 같은 공통의 신화들을 짜낼 수 있다. 그런 신화들 덕분에 사피엔스는 많은 숫자가 모여 유연하게 협력하는 유례없는 능력을 가질 수 있었다.

– 유발 하라리, **사피엔스**

이 책은『사피엔스』라는 다소 어렵게 느껴지는 제목과 600여 페이지에 달하는 엄청난 두께에도 불구하고 우리나라 베스트셀러 목록에 등장한 이후, 제법 오랜 기간 동안 그 자리를 내놓지 않았다. 그래서 꼭 한 번은 읽어보아야지 하고 생각만 해오다, 올해 인문학 동아리에서 다 같이 읽고 나누는 시간을 가지게 되었다.

　『사피엔스』제목을 보는 순간 반드시 읽어 보아야 할 책이라는 느낌을 강하게 받았다. 왜 그럴까? 곰곰이 생각해 보니, 학창 시절 선생님께서 알려주신 '슬기로운 사람'을 뜻하는 '호모 사피엔스'가 바로 나, 우리이니 '사피엔스'들은 누구나 이 책을 읽고 우리 자신들에 대해 뭐라고 말하는지 알아야 할 것 같은 생각이 들었다.

　책의 서문에서 유발 하라리는 한국의 독자들이 자신의 책을 읽고 '우리는 누구인가, 어디에서 왔는가, 어떻게 해서 이처럼 막대한 힘을 얻게 되었는가?'를 이해하고, 이 이해를 바탕으로 생명의 미래에 대해 우리가 더 현명한 결정을 내릴 수 있기를 당부하고 있다.

나는 이 책을 통해 유발 하라리가 그의 뛰어난 통찰력으로 연구한 사피엔스에 대해 얻은 이해를 함께 나누고, 그가 염려하는 우리의 선택에 대한 의견을 나누려고 한다.

인간은 너무나 빨리 정점에 올랐기 때문에, 생태계가 그에 맞춰 적응할 시간이 없었다. 게다가 인간 자신도 적응에 실패했다. 지구의 최상위 포식자는 대부분 당당한 존재들이다. 수백만 년간 지배해온 결과 자신감으로 가득해진 것이다. 반면에 사피엔스는 중남미 후진국의 독재자에 가깝다. 인간은 최근까지도 사바나의 패배자로 지냈기 때문에, 자신의 지위에 대한 공포와 걱정으로 가득 차 있고 그 때문에 두 배로 잔인하고 위험해졌다. 치명적인 전쟁에서 생태계 파괴에 이르기까지 역사적 참사 중 많은 수가 이처럼 너무 빠른 도약에서 유래했다.

역사 공부의 첫머리는 늘 자연 속에서 수렵과 채집으로 살아가는 인류 초기의 모습이 차지한다. 선사 시대 박물관에 가면 오스트랄로피테쿠스, 네안데르탈인, 호모 에렉투스, 호모 사피엔스로 이어지는 우리 조상들의 계보를 보게 된다. 그들이 살았던 주거지와 마을의 모습을 형상화해 둔 것을 보면, 유발 하라리의 말처럼 인간은 자연의 일부로 시작되었으나, 점점 자연스럽다고 표현되는 것에서 멀어지면서, 덩치로 보나 힘으로 보나 말이 안 되는, 최고의 포식자 위치에 이르는 과정을 확인하게 된다. 지구 생명체의 긴 역사를 돌이켜 보면, 인류가 출현해서 최상위 포식자에 이르기까지의 시간이 너무나 짧고, 획기적인 사건이라고 한다. 그래서 오랜 시간 동안 자연스럽게 진화해온 다른 최상위 포식자들이 가진 늠름한 모습과는 다른 특성을 보인다.

인간은 자신이 쟁취한 지위에 만족하며 느긋해 하기 보다는 손에 넣은 것을 언제 다시 잃을지 몰라 항상 걱정하며 전전긍긍하는 모습으로 사는 것 같다. 사람의 특징 중 하나가 바로 걱정을 하는 것인데, 실제로 일어나지도 않을 많은 것들을 걱정하느라 너무도 많은 시간과 에너지를 낭비한다고 한다. 이러한 특징은 잘 생각해보면 대자연속에서 약자로서 항상 경계하면서 살아야 생존할 수 있었던 인간의 지위와 무관하지 않다.

우리나라의 급속한 경제 성장과 발전이 이루어 놓은 결과물을 살펴보면 유사한 점을 찾을 수 있다. 우리나라는 제2차 세계대전으로 국토의 80%가 초토화되었는데, 그 이후 단기간 내에 한강의 기적이라 불리는 경제 발전을 이룩하였다. 그리고 전쟁으로 인한 원조를 받는 나라에서 지금은 원조를 해 주는 세계 유일의 나라가 되었다. 그러나 이런 외형적인 급속한 경제발전이 선진 경제 대국으로서 갖추어야 할 인간에 대한 권리 존중과, 많은 사람이 경제 발전의 혜택을 누리는 보편적인 복지를 다 함께 이루어 놓지는 못했다. 동물 세계에서 사피엔스가 차지한 지위처럼, 전 세계를 주도하는 선진국의 지위를 대한민국이 차지하면서, 물질적인 부분과 정신적인 부분의 기초를 단단히 다지기보다 외형적인 부분에 치우쳐 허겁지겁 벽돌을 쌓아 올렸기 때문일 것이다.

유발 하라리는 네안데르탈인과 데니소바인이 사피엔스의 유전자에는 그 흔적이 남아있으나 현재 사라진 이유에 대해 다음과 같이 설명한다.

또 다른 가능성도 있다. 자원을 둘러싼 경쟁이 폭력과 대량학살을 유발했다는 것이다. 관용은 사피엔스의 특징이 아니다. 현대의 경우를 보아도 사피엔스 집단은 피부색이나 언어, 종교의 작은 차이만으로도 곧잘 다른 집단을 몰살하지 않는가.

우리는 학교 교육을 통해 각각의 인류가 오랜 시간에 걸쳐 차례로 출현한 것으로 이해하고 있다. 하지만 현대 유전학의 발달로 인해 사실은 우리 인류가 사피엔스와 공존했던 다른 종의 형제 살인의 가능성이 제기되고 있다. 사피엔스가 생물학적으로 커다란 차이를 보이지 않는 네안데르탈인과 데니소바인을 과연 폭력과 대량 학살을 통해 멸종시켰을 가능성이 있는가를 생각해 보는 것은 끔찍한 일이기는 하나, 유발 하라리의 말처럼 같은 사피엔스 사이에서 세계 곳곳에서 일어나고 있는 종교분쟁과 인종차별 등을 떠올려보면 불가능한 일도 아니라는 생각이 든다.

과거에는 생존에 필수요소인 자원을 둘러싼 경쟁으로 인한 폭력이나 대량학살이 일어났다. 반면 현대의 모습을 살펴보면 그보다 훨씬 사소한 문제라고 할 수 있는, 외모, 피부색의 차이나, 한 사회에서 차지하고 있는 계층의 차이, 그리고 자신과 다른 종교를 가졌다는 이유 등으로 인해 오히려 더 끔찍한 일을 저지르고 있다.

관용의 의미를 알아보면 '너그럽게 받아들이거나 용서하다.'라는 의미이다. 오늘날 우리가 사는 전 지구적인 환경에서는 이러한 관용이 필요한 순간은 아주 많다. 농어촌을 등진 젊은 세대로 인해, 우리가 먹는 농산물과 수산물을 생산하는 사람들은 동남아시아에서 온 사람들의 비율이 높다. 그들이 우리 사회에서 하고 있는 역할에 비해 제대로 된 경제적 보상을 못 받고, 사회적 지위를 보장받지도 못한다. 그들의 사회적 기여를 고려해 볼 때 참으로 비논리적이고 합당하지 않은 처우라고 할 수 있겠다. 여기에도 유발 하라리가 말한 사피엔스의 특징이 예외 없이 적용된다.

인지혁명이란 약 7만 년 전부터 3만 년 전 사이에 출현한 새로운 사고방식과 의사소통 방식을 말한다. 무엇이 이것을 촉발했을까? 우리는 잘 모른다. 가장 많은 사람이 믿는 이론은 우연히 일어난 유전자 돌연변이가 사피엔스의 뇌의 내부 배선을 바꿨다는 것이다. 그 덕분에 전에 없던 방식으로 생각할 수 있게 되었으며 완전히 새로운 유형의 언어를 사용해서 의사소통할 수 있게 되었다는 것이다. (중략)
하지만 허구 덕분에 우리는 단순한 상상을 넘어서 집단으로 상상할 수 있게 되었다. 우리는 성경의 창세기, 호주 원주민의 드림타임(시공간을 초월해 과거 현재 미래가 하나로 존재하는 장소) 신화, 현대 국가의 민족주의 신화와 같은 공통의 신화들을 짜낼 수 있다. 그런 신화들 덕분에 사피엔스는 많은 숫자가 모여 유연하게 협력하는 유례없는 능력을 가질 수 있었다.

유발 하라리의 말처럼 지구상에 존재하는 많은 동물은 힘이나 덩치만 보면, 사피엔스가 최고의 지위에 오르기엔 역부족이다. 하지만 사피엔스가 가진 생물학적 약점을 극복하고 최상위 포식자가 될 수 있었던 데에는, 무엇보다 인지 혁명이 중요한 역할을 했다고 한다.

인지 혁명은 쉽게 말하면 언어를 사용하고 의사소통을 한다는 의미이다. 언어를 사용해 내가 아닌 다른 사람과 의사소통을 함으로써 사람들은 혼자라면 해낼 수 없는 많은 일을 할 수 있게 되었다. 사냥이나 채집에도 혼자서 일을 해야 할 때보다 함께 하면 그 효율성이 엄청나게 향상 될 수 있고 다른 동물들로부터 자신들을 보호하기도 더 쉬워진다. 그리고 무엇보다 한 사람 한 사람의 지식이 모여 시너지를 발휘하게 되면 다른 동물들은 도저히 따라올 수 없는 힘을 가지게 되는 것이다.

이렇게 단순한 소집단의 협력을 가능하게 하기도 하지만 시간이 흐르면서 더 많은 수의 사람들을 함께 모으고 협력하기 위한 더 많은 기술이 사용되기도 하는데, 그 대표적인 것이 뒷담화 능력이다. 사람은 자신과 다른 특징을 가진 사람에 대해 불안을 느끼고, 자신과 비슷하게 불안을 느끼는 사람들과 함께, 그 한 사람에 대해 불만이나 비난을 표하며 연대하는데 이것이 하나의 힘이 되기도 한다.

그리고 셀 수없이 많은 이방인들이 유연하게 협력할 수 있게 만드는 신화를 만들어 내는데 이르기까지 다른 동물들은 도저히 따라올 수 없는 이러한 독보적인 인간의 특징은 사피엔스가 가진 생물학적 한계를 뛰어넘게 했다.

우리와 침팬지의 진정한 차이는 수많은 개인과 가족과 집단을 결속하는 가공의 접착제에 있다. 이 접착제는 인간을 창조의 대가로 만들었다.

'가공의 접착제'라는 표현이 정말 재미있게 느껴진다. 이것은 혈연이나 지연처럼 뚜렷한 근거를 두고 형성되기도 하지만 항상 그런 것은 아니다. 유행에 가장 민감한 10대 사이에서 자신들만의 은어가 가장 활발하게 만들어지고 공유되고, 짧은 생명력을 가졌다가 사장되고 새로운 언어가 탄생하기도 하는데, 이렇게 생겨난 은어들이 그 또래를 하나의 집단으로 묶어주는 가공의 접착제 역할을 한다. 어떤 한 가수나 그룹을 좋아한다는 한 가지 사실만으로도 그 가수를 응원하는 커다란 무리가 되기도 하는데 이 또한 초강력 파워를 지닌 접착제이다.

이렇게 하나의 공통된 기호로 집단을 이루는 상황에서는 평소의 생각이 비슷하든 그렇지 않든 그것은 중요하지 않다. 어떤 하나의 맥락에서 서로 비슷한 입장에 있는 사람들을 묶어주는 끈끈한 가공의 접착제는 인간 생활의 여러 면에 다양한 형태로 존재한다. 같은 영화를 보고 같은 책을 읽는 사람도 하나의 집단이 된다. 해외여행을 좋아해서 필요한 정보를 나누고 서로 도움을 주는 카페가 만들어지기도 하고, 그때그때 불거진 사회 문제로 인해 같은 생각을 가진 집단이 만들어지기도 한다. 어떤 제품으로 인해 같은 피해를 입었다는 경험으로 자구책을 찾는 사람들의 연대가 이루어지기도 한다. 이렇게 가공의 접착제는 그 한계가 없다. 이러한 특징도 사피엔스가 다른 동물과 다를 수밖에 없는 커다란 특징이다.

다시 말해 평범한 수렵채집인은 현대인 후손 대부분에 비해 주변 환경에 대해 좀 더 넓고 깊고 다양한 지식을 지니고 있었다. 오늘날 산업사회에 사는 대부분의 사람들은 살아남기 위해 자연세계에 대해 많은 것을 알 필요는 없다. 컴퓨터 엔지니어, 보험 중개인, 역사 교사, 공장 노동자로 살아가기 위해서 알아야 할 지식은 무엇일까? 당신의 아주 좁은 영역에 대해서는 많은 지식이 있어야 할 테지만, 삶을 영위하는 데 필요한 다른 방대한 영역에서는 다른 전문가들의 도움에 맹목적으로 의존한다. 이들 전문가 역시 그들의 영역에 지식이 한정되어 있다. 인간 공동체의 지식은 고대 인간 무리의 그것보다 훨씬 크지만, 개인 수준에서 보자면, 고대 수렵채집인은 역사상 가장 아는 것이 많고 기술이 뛰어난 사람들이었다.

수렵채집인의 하루를 산다고 생각해보면, 아침에 눈을 떠 시계를 보지 않고도 그 계절을 헤아려 날의 밝기와 동물들의 움직임 등으로 시간을 짐작할 것이다. 시절을 잘 알아 어떤 먹거리가 가장 구하기가 쉬운지, 어느 방향으로 가야 수고를 덜 수 있고, 가장 영양가 있는 먹거리를 구할 수 있을지, 잘 결정해야 한다. 그런 다음 다른 가족들이 깨기 전 아침거리를 구하러 나가게 될 것이다. 가족들이 그 날의 행복한 식사를 위해 즐거운 마음으로 무사히 돌아올 것을 기약하며 길을 나서게 된다. 하루의 시작인 아침만 생각해 보아도 주변을 살피며 순간순간 정보를 얻고 끊임없이 살펴 살아남기 위한 많은 정보를 획득할 필요가 있다. 하루를 안전하게 잘 보내기 위해선 더 많은 것들을 자연으로부터 읽어내야 하며 어떤 정보를 어디서 어떻게 알아내야 하는지도 알고 있어야 한다.

지금의 우리는 이미 발명된 많은 기구와 장치들에 의존해 아침을 시작하고, 반쯤은 조리된 식자재를 이용해 집까지 연결된 가스로 조리를 완성하며, 걷기보다는 이용할 수 있는 최적의 교통수단을 이용해 가고자 하는 목적지에 도착한다. 아침에 눈을 떠 몇 시쯤 되었는지 알아보기 위해 하늘을 살피지도, 그 계절에 가장 많이 나는 열매가 무엇인지 어디서 그것을 손쉽게 구할 수 있을지 따위는 아예 고려의 대상도 되지 않는다. 아침 식사를 조리하기 위해 땔감이나 부싯돌이 필요하지도 않고 내가 원하는 곳에 가기 위해 최단 거리를 생각해 내며 이동 경로를 고민하지도 않는다.

좀 더 쉬운 삶을 추구한 결과 더 어렵게 되어버린 셈이었고, 이것이 마지막도 아니었다. 오늘날 우리에게도 똑같은 일이 벌어지고 있다. 대학을 졸업한 젊은이 중 상당수는 돈을 많이 벌어 35세에 은퇴해서 진짜 자신이 원하는 것을 하겠다고 다짐하면서 유수 회사들에 들어가 힘들게 일한다. 하지만 막상 그 나이가 되면 거액의 주택융자, 학교에 다니는 자녀, 적어도 두 대의 차가 있어야 하는 교외의 집, 정말 좋은 와인과 멋진 해외 휴가가 없다면 삶은 살 만한 가치가 없다는 느낌을 갖게 된다. 이들이 뭘 어떻게 할까? 뿌리채소나 캐는 삶으로 돌아갈까? 이들은 노력을 배가해서 노예 같은 노동을 계속한다.

이 이야기는 농업혁명이 일어난 이후 인간의 삶이 어떻게 되었는가에 대한 성찰이다. 토지당 식량 생산량을 늘리기 위해 다양한 방법을 동원해 노력하게 되는데, 더 잘 살고자 했던 의도와는 달리 수렵채집인의 삶을 살 때보다 얼마나 더 열악해진 삶을 살게 되었는지에 대해 이야기하고 있다. 그러면서 현대인의 삶 또한 덫에 걸린 우리의 조상들의 삶과 하나 다를 것이 없다고 이야기한다.

우리는 더 편리해지고자 자동차를 사서 타고 다니는데, 그 결과

걷기 운동이 부족해져서 결국은 자동차를 타고 가 돈을 내며 걷기 운동을 하고, 자동차를 타고 다시 집으로 돌아온다. 안락하고 안전한 삶을 위해 아파트를 개발했지만, 누구나 이름만 대면 아는 유명 건설사 아파트에 살기 위해 엄청난 액수의 돈을 빌리고 평생을 은행에 빌린 돈을 갚느라 허덕이며 산다. 친구가 올린 멋진 사진 한 컷을 나도 만들어내기 위해 주말이면 좋다고 알려진 곳을 쉬지 않고 방문하고 다시 힘든 주중의 시간을 보낸다. 열심히 일하고 쉬기 위해 휴가를 만들었는데, 휴가철이 되면 다른 사람들이 다 가봤고 좋다고 소문난 명승지를 북새통을 이루며 찾아 떠났다가, 제대로 쉬지도 못하고 돌아와 일에 복귀한다. 이런 생활은 삶의 중심이 누구인지, 삶에서 무엇이 중요한지를 잊고 사는 사람들이 만들어내는 오류로 가득한 것이다.

고대 이집트의 엘리트처럼, 대부분의 문화에 속하는 대부분의 사람들은 나름대로의 피라미드 건설에 삶을 바쳤다. 문화에 따라 피라미드의 이름과 형태와 크기가 달라질 뿐이다. 피라미드는 수영장과 늘 푸른 잔디밭이 딸린 교외의 작은 집일 수도 있고, 전망이 끝내주는 고급 맨션 꼭대기 층일 수도 있다. 애초에 우리로 하여금 그 피라미드를 욕망하도록 만든 신화 자체를 의심하는 사람은 드물다.

당신이 건설하고자 하는 피라미드는 무엇인가? 그 꿈을 가지게 된 이유는 무엇인가? 이 두 가지 질문에 하나의 망설임도 없이 순수하게 스스로 생각해낸 나만의 꿈을 이야기할 수 있겠는가? 유발 하라리는 '사람들이 가장 개인적 욕망이라고 여기는 것들조차 상상의 질서에 의해 프로그램된 것이다.'라고 말한다. 나의 꿈과 소망이 조작된 것이라니, 이 놀라운 사실을 어찌 쉽게 인정하란 말인가?

고대 이집트에서는 파라오들이 피라미드를 건설하는 것을 평생의 숙원 사업으로 여겼다. 그래서 피라미드를 설계하고 실행했던 총감독 엘리트뿐만 아니라, 돌 하나하나를 나르고 설계대로 건설해 나가던 아주 많은 사람이 아주 오랜 기간 동안 피라미드 건설에 동원되었다. 현대를 사는 우리들에 관해 이야기 할 때 우리는 이제는 피라미드 같은 것은 건설하지 않는다고, 그렇게 높고 거대한 무덤 따윈 필요치 않다고 여길 것이며, 실제로 이 시대를 살면서 피라미드를 건설하고 있는 사람은 아무도 없다. 그러나 이 피라미드의 의미를 유발 하라리가 말한 것처럼 보통의 인간들이 평생을 두고 얻고자 하는 어떤 것으로 생각한다면, 그것이 유형의 것이 되었든 무형의 것이 되었든 욕망하는 것을 이루고자, 한평생을 바치는 것은 고대 이집트인들이나 우리나 결과적으로 같다고 할 수 있을 것이다.

이 시대를 사는 나에게 피라미드는 견고하게 지어진 내 집이거나, 통장에 찍히는 잔고의 액수를 최대한 높게 만드는 것, 그리고 내 아이들이 최대한 성공적으로 보이는 삶을 살게 만드는 것 등이 될 것이다. 이것은 고대의 파라오들이 포기하지 않았던 것처럼 나 역시 쉽사리 포기할 수 없는 것들이다. 이러한 욕망은 나 혼자의 것은 아니고 이 시대를 사는 사람이라면 다 품고 있을 공통의 관심

사이며 목표라고도 할 수 있다. 나는 그런 부분에서 쿨~하게 포기할 수 있다고 하는 사람도, 그 시대에 당연시되는 많은 것들로부터 자유로울 수는 없다. 그리고 보면 누가 이렇게 하라 저렇게 하라는 지시를 한 것도 아닌데, 같은 시대를 살아간다는 이유만으로도 비슷한 것들을 꿈꾸며 목표로 설정하고 살게 되는 것이 또한 사피엔스들의 특징인 것 같다.

컴퓨터는 호모 사피엔스가 어떻게 말하고 느끼고 꿈꾸는지를 이해하는 데 어려움을 겪는다. 그래서 우리는 호모 사피엔스에게 컴퓨터가 이해할 수 있는 숫자 언어로 말하고 느끼고 꿈꾸라고 가르치고 있다.

요즘은 어떤 서비스를 사고자 할 때 미소를 띤 친절한 직원의 얼굴을 마주하는 것이 아니라, 네모난 모니터를 터치해서 직접 자신에게 맞는 서비스를 입력하도록 요구하는 곳이 점점 늘어나는 추세다. 가장 빠르게 그렇게 변한 곳은 영화관이었다. 그러나 이제는 영화관뿐만 아니라 커피숍, 패스트푸드 식당, 푸드 코트 등 점점 많은 곳에서 사람들은 그 장소를 이용하기 위해 컴퓨터화된 사용 매뉴얼을 익혀야만 한다.

최초에 만들어진 컴퓨터는 인간이 조금 더 편리한 생활을 하고자 발명한 기계였음이 분명하지만, 지금 컴퓨터의 역할을 살펴보면 대다수 인간에게 편리함을 준다기보다, 그 사업을 운영하는 사람에게 경영의 효율성을 높여주고, 사람을 직원으로 사용하였을 때의 문제점을 보완해주는 역할을 하는 것 같다. 그런 의미에서 이제는 보통의 인간이 컴퓨터를 지배하는 것이 아니라, 컴퓨터에게 일자리를 빼앗기고, 심지어 컴퓨터의 기능을 제대로 파악하지 못하면 시대를 따라가지 못하고, 소외되어 버리는 지경에 이르게 된 듯하다.

다양한 기능을 탑재하여 점점 발전하고 있고, 일상생활에서 사람을 대신하는 비중이 커지는 컴퓨터를 보고 있노라면, 언제까지 컴퓨터 앞에서 인간으로서 위엄을 지킬 수 있을지 마음 한구석에서 불안한 마음이 생긴다. 괜한 염려일까?

하지만 모든 상상의 질서는 스스로가 허구에 근원을 두고 있다는 점을 부인하고 자연적이고 필연적이라고 주장한다는 것이 역사의 철칙이다.

유발 하라리는 함무라비법전이나 아리스토텔레스의 말처럼 어떤 시대에 누구도 도전할 수 없는 권위를 가졌거나, 모두가 감히 진위를 따져 볼 생각도 못하는 훌륭한 인물의 말이나 사상 등이 기준이 될 때, 이것을 상상의 질서라고 부른다. 하지만 이 상상의 질서들이 사실은 진실이 아니라 허구에 바탕을 두고 있다고 한다.

머리를 한 대 심하게 맞은 것 같은 느낌이다. 보통의 사람인 우리가 이 사실을 제대로 알고 있었다면, 아무도 도전하지 않는 권위를 가진 상상의 질서가 생겼을 때 그것이 정말 사실인지? 그것이 무엇을 위하여 생긴 것인지? 누구에게 가장 득이 되는 것인지를 살펴보는 일부터 하게 되었을 것이다. 이제부터 어떤 것들이 슬그머니 공통의 기준이 되는지 잘 살펴 볼 것이다. 내가 버젓이 눈을 뜨고 있는데도 몰래 코 베어 가지 못하도록!

신화와 허구는 사람들을 거의 출생 직후부터 길들여 특정한 방식으로 생각하고, 특정한 기준에 맞게 처신하며, 특정한 것을 원하고, 특정한 규칙을 준수하도록 만들었다.

같은 집에 태어난 아기는 그 집만의 특별한 가풍을 따르는 아이들로 자란다. 같은 마을에 사는 또래 아이들은 비슷한 놀이를 하고, 특정 시기에 유행하는 놀이를 하면서 성장하기 때문에 모두가 비슷비슷한 유년의 경험을 가진다.

한 사람이 태어나 성숙한 어른이 될 때, 어느 나라의 어떤 도시에서, 어떤 사람들과 함께 사는가에 따라 가치관이 달라진다.

태아가 엄마의 자궁 속에 있을 때는, 그 태아가 중국에 있든, 한국에 있든, 북한에 있든 다를 바가 없다. 그러나 태어나는 순간 아주 많은 것들이 정해진다. 어떤 음식을 먹을지, 어떤 언어를 접하게 될지, 어떤 사고방식을 가지게 될지 등이 정해져 버리는 것이다.

사회의 큰 틀이 미리 짜여진 신화와 허구를 안고 있다면, 어느 사회에 속하게 되는가에 따라 많은 것이 달라진다고 해서 이상할 것이 하나도 없다.

철학자와 사상가와 예언자는 수천 년에 걸쳐 돈을 흉보면서 돈이 모든 악의 근원이라고 매도했다. 물론 그렇기도 하지만, 한편 돈은 인류가 지닌 관용성의 정점이다. 돈은 언어나 국법, 문화코드, 종교 신앙, 사회적 관습보다 더욱 마음이 열려 있다. 인간이 창조한 신뢰 시스템 중 유일하게 거의 모든 문화적 간극을 메울 수 있다. 종교나 사회적 성별, 인종, 연령, 성적 지향을 근거로 사람을 차별하지 않는 유일한 신뢰 시스템이기도 하다. 돈 덕분에 서로 알지도 못하고 심지어 신뢰하지도 않는 사람들이 효율적으로 협력할 수 있다.

어린 시절 유교 문화가 깊이 뿌리내린 교육을 받은 나는 돈이라는 단어를 떠올리면 긍정적이기보다는 부정적인 이미지가 더 많이 떠올랐던 것 같다. 돈은 딱 필요한 만큼만 있으면 된다고 더 욕심내는 것은 잘못을 저지르는 일이라고 배웠다. 돈은 항상 아껴 써야 하며 낭비하면 안 된다고도 배웠다. 그리고 돈이 많은 사람은 무엇인가 올바르지 않은 방법으로 가난한 사람의 몫까지 가져가서 부유해진 것으로 여겨졌다. 그러고 보면 동양이나 서양의 철학자나 사상가들은 비슷한 생각을 지녔었던 것 같다. 그러나 나이가 들면서 돈에 관한 생각이 점차 바뀌기 시작했다. 돈은 세상을 살아가는 데 무엇보다 필요한 것이며, 잘만 사용하면 참으로 좋은 것이라는 생각이 들기 시작했다. 이러한 생각의 변화는 우리나라의 주류를 차지하는 많은 것들이 점차 서구의 것들 위주로 대체된 것과 무관하지 않을 것이다. 그리고 무역 일을 하는 남편을 보면 유발 하라리의 말처럼 돈은 언어의 장벽도 국경도 문제 될 것이 없는 것 같다. 우리 가족이 사는 부산과 거래하는 회사가 있는 중국의 우이라는 도시처럼, 아주 먼 곳에 사는 사람들 간의 거래도 계약에 따라 지불하게 될, 돈에 대한 믿음이 없다면 가능하지 않을 것이기 때문이다.

우리 눈앞에서 형성되고 있는 지구제국은 특정 국가나 인종 집단이 지배하는 것이 아니다. 옛 로마 제국과 비슷하게 이 제국은 다인종 엘리트가 통치하며, 공통의 문화와 이익에 의해 지탱된다. 전 세계에 걸쳐 점점 더 많은 기업가, 엔지니어, 학자, 법률가, 경영인이 이 제국에 동참하라는 요청을 받고 있다. 이들은 제국의 부름에 응답할 것인가, 아니면 자기 국가와 민족에 충성을 바치며 남아 있을 것인가를 심사숙고해야 한다. 그리고 점점 더 많은 사람들이 제국을 선택하고 있다.

　제국주의라는 단어를 떠올리면, 서구열강의 무차별적인 침략과 식민지화 약육강식이 떠오를 만큼 긍정적이기보다는 부정적인 이미지를 가진 단어인데, 유발 하라리는 지금 지구 제국이 형성되고 있다고 말하고 있다. 유발 하라리가 말하는 제국은 이전의 제국주의와는 다른 특성을 가진 제국이긴 하겠지만, 유사한 특징을 지닌 것을 간과할 수는 없고, 과거의 제국이 빚어낸 예상치 못했던 결과를 잘 생각해보고, 경계하라는 뜻도 있을 것이라고 예상한다.

　세계 제2차 대전이 끝난 후 이념으로 분리되었던 전 세계가, 구소련이 무너지자 너도나도 잘살아 보겠다고 자본주의 형태의 체제가 득세하게 되었다. 그 이후 서서히 등장하기 시작한 글로벌 기업들로 인해 세계는 차차 커다란 하나의 시장이 되었고, 이러한 현상은 전 세계를 하나로 묶는 데 큰 역할을 하게 되었다. 국경은 존재하지만 같은 회사의 상품을 쓰게 되고, 그 회사의 마크는 어떤 언어보다 더 크고 상징적인 힘을 가지게 되었다고 할 수 있다. 마치 가상의 접착제가 전 지구로 그 영향력의 범위를 넓혔다고나 할까. 이렇게 기업들이 각국으로 뻗어 나가면서 문제 해결을 위한 인재 등용과 기술 협력이 국경을 넘어 일어나기 시작했다. 이러한 현상은 자신의 가치를 인정받는 것이 자기가 태어나고 자란 국가에 충성하는 것보다 중요하다고 생각하는 가치관의 전환으로 이어진다. 이제 민족과 국가를 우선시하는 시대는 점점 가고 있는 것 같다.

　오늘날 종교는 흔히 차별과 의견충돌과 분열의 근원으로 여겨진다. 하지만 실상 종교는 돈과 제국 다음으로 강력하게 인류를 통일 시키는 매개체다. 모든 사회 질서와 위계는 상상의 산물이기 때문에 모두 취약하게 마련이다. 사회가 크면 클수록 더욱 그렇다. 종교가 역사에서 맡은 핵심적 역할은 늘 이처럼 취약한 구조에 추월적 정당성을 부여하는 데 있었다. 종교는 우리의 법은 인간의 변덕의 결과가 아니라 절대적인 최고 권위자가 정해놓은 것이라고 단언한다. 이러면 최소한 몇몇 근본적인 법만큼은 도전받지 않을 수 있었으므로, 사회의 안정을 확보하는 데 도움이 되었다. 따라서 종교는 '초인적 질서에 대한 믿음을 기반으로 하는 인간의 규범과 가치체계'라고 정의할 수 있을 것이다.

　인간의 역사를 이야기할 때 빠질 수 없는 것이 종교 이야기일 것이다. 우리는 이미 곰브리치의 '서양미술사'에서 그 사실을 확인할 수 있었다. 초기 인류의 동굴 그림에서 알 수 있듯이 인류의 시작과 함께 생겨난 것이 주술적으로 사용된 그림과 조각들이었다. 어쩌면 인간이 무리를 지어 살기 시작하면서부터 해결되지 않는 문제들을 해결해 줄 힘을 가진 무엇인가가 필요했고, 그런 능력을 갖춘 대상을 집단으로 상상해서 만들어 내기 시작했던 것 같다. 그리고 그 장치를 이용해 통치자들은 사회의 기초 질서를 유지하며, 비통치자들은 그 무한한 능력을 지닌 대상을 함께 섬기는 자로서의 공통의 입장이 생겨나, 유대감을 느끼고 협력하게 되었던 것 같다. 종교의 발달을 살펴보면 정말 유발 하라리의 말처럼 수렵채집의 시대에는 딱 그 무리에게 필요한 크기와 능력을 지닌 대상이 신으로 추앙받았고, 농경시대에는 더 큰 권력과 권위를 지닌 존재가 등장하게 되는 것이다. 이렇게 애니미즘적 유령에서 다신론을 가진 종교, 이신론 그리고 최근 가장 큰 세력을 가진 일신론에 이르기까지 다양한 형태의 종교가 있었다.

 내 삶에 영향을 끼친 종교를 생각해 보면, 어린 시절 시골 마을 가운데 있는 수령이 오래된 커다란 정자나무는 보기만 해도 신령스럽게 보였으며, 뭔가 내가 원하는 것을 말하면 들어 주실 것 같아 한 번씩 그 옆을 지날 때마다 소원을 빌기도 했었다. 그리고 동네에서 한 번씩 좋지 않은 일이 있을 때마다, 동네를 지켜주는 신이 있다고 믿었던 곳에서 굿판을 벌이던 모습이 잊히지 않고, 그곳을 지날 때면 겁이 나 나도 모르게 잰걸음이 되기도 했었던 것 같다. 그리고 학창시절 내가 왜 태어났는지 그 의미를 찾아 헤매던 중, 우연히 친구의 손길에 이끌려 발을 들여놓게 된 기독교도 그중 하나인데, 처음 들어본 그 종교의 이야기가 신기했고, 그렇게 많은 사람이 종교라는 이름으로 모이고 협력하고 서로 관심을 아끼지 않으며, 아름다운 화음으로 찬양하는 모습이 좋아 한동안 거기에 푹 빠져 있었던 것 같다. 나의 삶만 돌이켜 보아도 종교의 초기 형태에서부터 조금 더 분화되고 발전한 형태에 이르기까지, 계속 영향을 미치며 유발 하라리가 이야기하는 자연법칙을 기반으로 한 다양한 이데올로기 속에서 살아가고 있다. 그렇게 생각해 보면 종교는 인간의 역사가 이어지는 동안은 없어지지 않고 다양한 형태로 진화해 나갈 것 같다.

상업, 제국 그리고 보편 종교는 모든 대륙의 사실상 모든 사피엔스를 오늘날 우리가 사는 지구촌 세상으로 끌어들였다. 이런 팽창과 통일 과정이 단선적이었다거나 중단된 적이 없었다는 것은 아니지만, 큰 그림을 보면 다수의 작은 문화에서 몇 개의 큰 문화로, 마지막에는 하나의 전 지구적 사회로 이행하는 것은 아마도 인간사 역학에 따른 필연적 결과일 것이다. (중략) 역사는 결정론으로 설명될 수도 예측될 수도 없다. 역사는 카오스적이기 때문이다. (중략) 역사를 연구하는 것은 미래를 알기 위해서가 아니라 우리의 지평을 넓히기 위해서다. 우리의 현재 상황이 자연스러운 것도 필연적인 것도 아니라는 사실을 이해하기 위해서다. 그 결과 우리 앞에는 우리가 상상하는 것보다 더 많은 가능성이 있다는 것을 이해하기 위해서다.

내가 학교에 다닐 때에는 중학교에 가서야 역사라는 과목을 공부했다. 그러나 요즘 아이들은 초등학교 때부터 역사 공부를 하다 보니 어렵게 느껴지는지, 비슷하게 들리는 왕조의 계보를 외우며 '왜 역사를 공부해야 하나요?'라는 질문을 한다. 그럴 때면 나는 아주 당연하다는 듯이 과거를 알아야 현재의 내가 보이고, 그래야 미래를 더 잘 대비할 수 있기 때문이라는, 어디선가 들어본 대답을 반복해 주곤 했다. 하지만 유발 하라리의 역사 연구에 관한 그의 정리된 생각을 읽고 나서는, 역사 공부를 하면 미래를 더 잘 알 수 있기 때문이라고 대답할 수 있을 것 같지 않다.

근대 문화는 우리가 아직도 모르는 중요한 것들이 많다고 인정했다. 그런 무지의 인정이, 과학적 발견이 우리에게 새로운 힘을 줄 수 있다는 생각과 결합하자, 사람들은 결국 진정한 진보가 가능할지도 모른다고 짐작하기 시작했다. 그리고 과학이 풀기 힘들었던 문제를 하나하나 풀기 시작하자, 인류는 우리가 새로운 지식을 얻고 적용함으로써 어떤 문제든 다 극복할 수 있을 거라고 확신하게 되었다. 가난, 질병, 노화, 죽음은 인류의 피치 못할 운명이 아니었다. 그저 우리의 무지가 낳은 결과였다.

　지금껏 우리는 나고 자라고 병들고 죽고를 너무나 자연스러운 인생의 과정이며, 이 세상 사람들 누구 하나 피해 갈 수 없는 과정이라는 생각으로 살고 있다. 그러나 과학이 발전하고 점점 더 많은 문제에 대한 답을 내놓기 시작하자, 이제는 그것이 운명에 맡길 문제가 아니라, 적극적으로 개입해 개선해 나갈 수 있는 문제로 인식되고 있다. 그런데 유발 하라리는 죽음에 이르는 과정이 인간의 무지의 결과라고 말한다. 무지는 깨우치는 것이다. 그렇다면 이러한 깨우침이 있고 난 뒤에는 그것은 더 자연스럽지도 피할 수 없는 문제도 아니게 된다. 이 얼마나 놀라운 시각이며 새로운 시대가 오고 있다는 알림인가?

　1775년 아시아는 세계 경제의 80퍼센트를 차지했다. 세계의 권력 중심이 유럽으로 이동한 것은 1750년에서 1850년 사이에 이르러서다. 1900년이 되자 유럽은 세계 경제와 대부분의 땅을 확고하게 지배했다.(중략) 유럽 제국주의는 역사상 존재했던 다른 모든 제국주의 프로젝트들과 완전히 달랐다. 과거의 제국주의자들은 자신들이 이미 세상을 이해하고 있다고 추정하는 경향이 있었다. 정복은 단지 '그들의'세계관을 활용하고 퍼뜨리는 것에 불과했다. (중략) 유럽인들이 이례적인 점은 탐험과 정복의 야망이 어느 누구와도 비견할 수 없이 탐욕스러웠다는 데 있었다.

동양과 서양이 각기 문명을 발달시켜 오고 있었는데, 경제 분야에서 동양은 주변부에, 서양은 중심부에 놓이게 된 것은 유럽 제국주의의 특성과 무관하다고 할 수 없다. 유발 하라리가 기술한 것처럼 과거에 우리가 생각해오던 정복의 개념은 영토를 넓히고 그 영토에서 나는 산물을 차지하는 것이었다면, 유럽 제국주의 시대의 정복은 그 지역에서 얻을 수 있는 값비싼 지역 특산품을 획득하는 데 머무는 것이 아니라, 그 지역에 축적되어 있던 지식과 경험을 최대한 얻어, 자신들의 것으로 만드는 데 주력한 점이었다. 이러한 사고방식은 과학 혁명의 기본 정신인 무지의 혁명 덕분이었다. 내가 다 알고 있고 나의 지식이 우월하다고 생각한다면 새로운 정보를 아주 하찮게 여기게 되고, 배우려는 마음 자체가 없어지고 만다. 그러나 내가 나의 지식이 짧고 세상에 모르는 것들이 너무나 많다고 생각하게 되면, 그것을 발판으로 삼아 달라질 수 있는 것이 얼마나 많겠는가?

　이것은 우리 교육의 현장에서도 다시 한번 생각해보고 배워야 할 사고방식인 것 같다. 수업을 하고 나면 마치 학생들이 답을 모두 알고 있어야 하는 것 같은 분위기를 만드는 것은 잘못이다. 아이들이 무지한 것은 너무나 당연하고 그 무지를 인정하게 하고, 그 바탕 위에서 모르는 사실들을 알아가는 방법을 익혀, 새로운 지식에 대한 탐험과 정복이 이루어진다면 훨씬 더 양질의 학습이 일어날 수 있을 것이다. 앞으로 우리 아이들에게도 무지한 것은 너무나 당연하다는 사실을 알게 하고, 그 사실을 인정하고 어떻게 이 문제를 해결하는가에 초점을 맞추는 교육을 해야겠다.

윤리의 역사는 아무도 그에 맞춰 살 수 없는 훌륭한 이상들로 점철된 슬픈 이야기다. 대부분의 기독교인은 예수를 모방하지 않았고, 대부분의 불교도는 부처를 따르는 데 실패했으며, 대부분의 유생들은 공자를 울화통 터지게 했을 것이다.

이와 대조적으로 오늘날 대부분의 사람들은 자본주의-소비지상주의 이념을 성공적으로 준수하며 새로운 윤리가 천국을 약속하는 대신 내놓은 조건은 부자는 계속 탐욕스러움을 유지한 채 더 많은 돈을 버는 데 시간을 소비할 것, 그리고 대중은 갈망과 열정의 고삐를 풀어놓고 점점 더 많은 것을 구매할 것이다. 이것은 그 신자들이 요청받은 그대로를 실제로 행하는 역사상 최초의 종교다.

자본주의 소비지상주의를 종교라고 이야기하는 것이 참 재미있는 발상인 것 같다. 종교의 정의를 살펴보면 '초자연적인 절대자의 힘에 의존하여 인간 생활의 고뇌를 해결하고 삶의 궁극적 의미를 추구하는 문화 체계'이다. 현대인의 삶에서 절대자는 돈일 것이고 돈의 힘에 의존하여 우리는 많은 고뇌를 해결할 수 있기도 하고 삶의 궁극적 의미라고 여겨지는 행복 추구 또한 돈으로 많은 부분이 해결된다.

대부분의 기독교인, 대부분의 불교도 그리고 대부분의 유생들은 너무나 평범한 인간이기 때문에 그들이 따를 것을 염원하는 스승 혹은 구세주의 가르침에 따른 행동을 실천하기에는 큰 어려움이 있다.

그러나 우리가 살고 있는 시대의 체제인 자본주의 하에서 소비지상주의는 공기처럼 친숙하여 특별히 애를 쓸 것도 수양할 것도 없이 저절로 행하게 되는 것이다. 소비지상주의는 우리가 의식할 새도 없이 TV나 라디오, 핸드폰, 각종 앱을 통해서 끊임없이 '사세요, 먹으세요, 입으세요, 경험하세요. 그러면 행복해질 것입니다.'라고 말하고 있다. 그러면 사람들은 그대로 행한다. 그 소비가 누구를 위한 것인지, 진정 행복해지는 길인지, 깊은 사고 없이 그저 행하고 있다. 소비지상주의가 종교라면 뼛속까지 추앙하는 신도가 가장 많고 번성한 종교일 것이다.

현대사회의 속성을 규정하려는 모든 시도는 카멜레온의 색을 규정하려는 것과 비슷하다. 우리가 확신할 수 있는 유일한 속성은 끊임없는 변화다.

유발 하라리는 인터넷의 사용이 처음 시작된 것이 고작 20년 전인데 지금은 인터넷이 없는 세상을 상상할 수조차 없는 것처럼 지금 우리가 미래를 상상하는 것은 거의 불가능하다고 말한다.

처음 인터넷이라는 것이 연결되어 홈페이지가 생성될 때까지 무지 인내심을 갖고 기다려야 했다. 그러나 이제는 그랬다가는 불만이 폭주할 정도로 뭐든지 빨라지고 편리해졌다. 지금은 인터넷이 없는 생활은 너무도 불편하고 익숙하지 않을 것이라 예상된다. 시간이 갈수록 문명의 이기는 빠르게 발달하고 변화하는데 거기에 적응하는 사람의 속도 또한 아주 빨라진 듯하다. 변화를 접하고 받아들이며 활용하는 속도가 거기에 상응해서 빨라지고 있는 듯하다.

대부분의 역사서는 위대한 사상가의 생각, 전사의 용맹, 성자의 자선, 예술가의 창의성에 초점을 맞춘다. 이런 책들은 사회적 구조가 어떻게 짜이고 풀어지느냐에 대해서, 제국의 흥망에 대해서, 기술의 발견과 확산에 대해서 할 말이 많다. 하지만 이 모든 것이 개인들의 행복과 고통에 어떤 영향을 미쳤느냐에 대해서는 아무것도 말해주지 않는다. 이것은 우리의 역사 이해에 남아 있는 가장 큰 공백이다. 우리는 이 공백을 채워나가기 시작해야 할 것이다.

우리가 역사서를 통해 알 수 있는 것은 위대한 왕들의 업적과 전쟁 사 그리고 위인들의 이야기가 대부분이고, 그 외에 예술가들의 이야기가 아주 조금 나올 뿐이다. 이런 사정에 대해 유발 하라리는 왜 우리 평범한 인간의 행복에 대해서는 문제 삼지도, 관심조차도 두지 않는지 안타까워한다. 그리고는 인간의 행복에 대한 여러 가지 정의를 보여준다. 물질적 요인을 기준으로 한 통계, 가족과 공동체의 보살핌으로 느끼게 되는 행복감, 개인이 가진 유전적 특성에 의한 행복감의 차이, 그리고 개인이 가진 행복에 대한 신념이나 의미 부여에 따라 삶의 만족도와 행복이 어떻게 달라질 수 있는지에 관해 이야기하고 있다.

유발 하라리의 말처럼 역사서에는 다루고 있지 않지만, 평범한 인간들에게는 위대한 업적을 이루는 일보다 하루하루의 행복이 더 중요하고, 큰 문제임이 틀림없다. 요즘 가장 많이 사용되는 단어가 행복이 아닌가 한다. 행복이 무엇인지는 사람마다 정의가 다를 테지만 누구나 행복해지고 싶어 하고 또 각자가 생각하는 행복이 무엇이든 간에 다른 사람의 행복도 함께 빌어주는 것이다.

현대는 역사상 처음으로 모든 인간이 기본적으로 평등하다는 사실을 인정한 시대이며, 사람들은 이 사실을 자랑스러워한다. 하지만 우리는 이제 역사상 유례없는 불평등을 창조할 만반의 태세를 갖추고 있다.

역사서나 역사 이야기를 다룬 영화를 보면 나도 모르게 '내가 저 시대에 태어나지 않고 지금 태어난 것은 천만다행이야.' 라는 생각이 절로 든다. 그렇게 여겨지는 가장 큰 이유는 신분이나 성별에 따른 삶의 질이 너무나 다르기 때문이다. 우리는 정말 역사상 가장 평등하게 살아갈 수 있는 시대를 사는 것 같다. 그러나 과학 혁명이 조금 더 진행되고 나면 또다시 불평등의 시대가 올 것이라고 한다. 지금까지 유래가 없었던 극심한 불평등이 말이다.

유발 하라리는 유인원에서 시작된 길고 긴 사피엔스의 역사와 생존의 이야기를 여러 각도에서 보여준다. 그리고 그 끝에서 우리의 선택과 그 선택이 가져올 우리의 미래를 염려하고 있다. 과거 역사에서 보았듯이 우리가 지금 이루어 낸 혁명적 진보가 항상 예상했던 결과를 가져다준 것은 아니었음을 기억할 것과 행복의 측면에서 보았을 때, 농업혁명의 결과처럼 더 고단한 삶을 불러올 수도 있음을 경고한다. 농업 혁명은 생산량을 획기적으로 증가시켰지만, 더 많은 사람이 더 열악한 환경에서 살아가게 만들었다. 그 시대의 인간들이 그런 선택을 한 이유는 사람들은 자신의 결정이 가져올 결과를 전체적으로 파악하는 능력이 부족하기 때문이다.

스스로 무엇을 원하는지도 모르는 채 불만스러워하며 무책임한 신들, 이보다 더 위험한 존재가 또 있을까?

유발 하라리는 이 시대를 사는 내가 선택의 순간에 서 있다면, 지금 하려는 선택이 누군가가 심어준 신화와 허구에 속아 넘어 가 있으면서도, 마치 스스로 한 것으로 믿지 않도록 바짝 정신을 차리라고 말한다.

뒷담화로 친해진다?

모든 유인원은 사회적 정보에 예리한 관심을 나타내지만,
효율적으로 소문을 공유할 수단이 필요하였고, 뒷담화는
악의적인 능력이지만 많은 숫자가 협동하려면 반드시
필요하다.

– 유발 하라리, **사피엔스**

지구상의 인류가 오스트랄로 피테쿠스부터 시작하여 네안데르탈인, 호모사피엔스로 차례대로 진화된 것이 아니라, 같은 시대에 살았다고 한다. 사피엔스보다 더 튼튼하고 머리도 좋으며 추위에 잘 견뎠던 네안데르탈인이 어째서 사피엔스의 공격을 버텨내지 못하고 멸종되었을까?

유발 하라리는 『사피엔스』 1편 '인지혁명'에서 이렇게 말한다.

사피엔스만이 고유한 언어를 사용할 수 있게 되었고 새로운 사고방식과 의사소통을 할 수 있었다.

벌과 나비도 복잡한 의사소통으로 먹이의 위치를 알려주고 원숭이나 코끼리도 언어로 소통을 한다고 하지만, 전혀 존재하지 않는 것에 대한 정보를 전달하는 능력이나, 직접 보거나, 만지거나, 냄새 맡지 못한 것에 대해 마음껏 이야기할 수 있는 존재는 사피엔스뿐이라고 한다.

이 허구 덕분에 우리는 단순한 상상을 넘어 집단으로 상상할 수 있게 되었고, 서로 모르는 수많은 사람이 공동의 신화를 믿고 협력하면서 거대한 제국과 도시도 건설할 수 있었다고 한다.

모든 유인원은 사회적 정보에 예리한 관심을 나타내지만, 효율적으로 소문을 공유할 수단이 필요하였고, 뒷담화는 악의적인 능력이지만 많은 숫자가 협동하려면 반드시 필요하다.

모임에 참여해보면 대부분의 사람들이 뒷담화로 시간을 보낸다. 여자들은 시댁, 아이들, 남편 등 주변 사람부터 연예인, 인기스타에 이르기까지 그 대상이 무궁무진하다. 정치인, 직장상사 등 남자들의 뒷담화도 만만치 않다. 웃고 떠드는 동안 스트레스가 풀리고 재미있지만, 뒷담화 대상에게는 미안하고 죄스러운 마음이 든다. 그러면서도 우리는 뒷담화를 멈출 수 없다.

유발 하라리의 글을 보니 사람들이 뒷담화를 하는 이유가 있었다. 사람들을 협동시키고 유대감을 갖게 만드는 힘으로 작용하기 때문이다.

영국의 인류학자 로빈던바는 사람들이 대화하는 내용을 수년 동안 분석한 결과, 남녀 모두 정치, 종교, 철학 등과 같은 주제보다는 주로 사람에 대해 이야기를 한다는 것을 밝혀냈다. 그는 '사회두뇌이론'에서 인류의 두뇌가 새로운 과학 기술 도전에 쓰이기도 하지만, 주로 수다 같은 일에 더 많이 사용된다고 하였다.

원숭이 등 영장류들이 서로 털을 만져주고 벌레를 잡아주면서 돈

독한 관계를 형성하는 것과 마찬가지로, 사피엔스는 유연한 언어로 몇 시간이고 계속해서 수다를 떨면서, 누가 신뢰할 만한 사람인지를 가려낸다는 것이다. 또 믿을 만한 정보가 있으면, 작은 무리에서 더 큰 무리로 확대되어 전파되는데, 집단의 규모가 점점 더 커진다. 그 속에서 결속력을 높이며 대화를 통해 상황에 대처할 수 있도록 교류하게 된다.

'하지 말아야 할 나쁜 행동'이라는 부정적 인식이 강하고, 도덕적으로 옳지 않다고 생각하는 뒷담화에는 이렇게 사람들의 결속력을 높여주고, 다른 사람을 분발하게 만드는 자극제 역할의 순기능도 있다. 뒷담화라고 모두 나쁜 것은 아니다.

70%가량이 부재중인 사람에 대한 뒷담화로 채워지고, 그중 악의적인 내용은 전체의 3~4%에 불과하다고 한다. 다른 사람의 나쁜 소문을 들으면 자신이 똑같은 주인공이 되지 않기 위해, 스스로 자신을 홍보하고 방어하고자 하는 경향을 강하게 보인다고 한다.

사회 규범을 더 의식해 그에 맞추고자 하고, 한번 뒷담화의 대상이 된 사람은 특정 그룹에서 배제되지 않기 위해 자신의 행동을 수정하도록 자극을 받는다. 또 뒷담화를 나눈 사람들이, 긍정적인 얘기를 나눈 사람들에 비해 심리적으로 더 가깝게 느끼고, 남을 칭찬하는 것보다 험담하면서 결속력이 더 커지는 것을 보면 뒷담화는 인간 사회에서 꼭 필요한 것이다.

지금 바로 나의 가장 가까운 옆자리에 함께하는 사람을 떠올려 보자. 어떤 관심사로 결속되어 있는지.

지금 이 시간부터는, 조금 더 고차원적인 내용인 정치, 종교, 철학

등의 인문학적 주제를 뒷담화 거리로 삼으면 어떨까?

"있잖아, 이건 너니까 하는 말인데…." "너만 알고 있어."

이런 소리에 이끌려 생각 없이 주변인의 험담을 하고 후회하는 것보다는, 유발 하라리, 리처드 도킨스, 토머스 홉스, 공자, 소크라테스 같은 쟁쟁한 사람들의 뒷담화를 신나게 해보는 것은 어떨까?

알면 비로소
이해하게 된다.

인간은 풍부한 언어를 가지고 있으므로
보통의 상태보다 더 현명해지기도 하고,
혹은 미치광이 같은 상태가 되기도 한다.

- 토머스 홉스, **리바이어던**

혀로 상대를 괴롭히는 것은 언어의 남용일 뿐이다. 인간이 다른 인간을 지배하도록 태어나지는 않았기 때문이다. 인간의 혀는 남을 괴롭히라고 있는 것이 아니라, 다른 사람의 잘못을 고치도록, 행실을 바르게 하도록 하기 위해 있는 것이다.

이 글은 토머스 홉스의 『리바이어던』 중 일부이다. 사람들이 이해하는 폭만큼이나 서로를 바라보는 관점도 각양각색이다.

서로 거울을 보는 것처럼 나의 모습을 그대로 비춰준다. 어쩌면 그렇게 한 치의 오차도 없는 걸까, 관계가 순탄할 시는 무엇이든 괜찮다가도 조금이라도 소원해지면 정말 바늘 하나 꽂을 자리가 없을 만큼 옹졸해지는 게 사람 마음인가 보다.

특히 가까운 사람들의 말이나 섣부른 행동에서 제일 많은 상처를 받고 힘들어질 때가 있다. 예로 우리 가족을 들자면 참 힘들어도 이렇게 힘들 수 있나 싶을 정도다. 힘든 일은 다 쓸어 담은 듯 집집이 크고 작은 일들이 짧은 시간에 일어났다. 누군가는 평생을 살아도 겪지 않을 일들이 일순간 떡하니 자리를 잡고 버티고 있으니 적잖이 힘이 든다. 시작은 친정엄마의 병환을 시작으로 막내 오빠네, 그리고 셋째 오빠, 기타 등등 이제는 너무 많은 일을 겪어 보니 소소하게 일어나는 일들은 대수롭지 않게도 여겨진다.

그러면서 서로 간의 감정들은 최고조에 달하고 섣부르게 하는 말들이 때론 비수가 되기도 하고 상대를 배려한 나머지 너무나도 무관심한 처사로 느껴지기도 한다..

인간은 풍부한 언어를 가지고 있으므로 보통의 상태보다 더 현명해지기도 하고, 혹은 미치광이 같은 상태가 되기도 한다.

친정엄마의 병원 생활 시작에는 무심했던 자신들을 자책하기도 했지만, 지금은 본인들 앞에 놓인 숙제가 너무 버겁고 힘든지라, 다들 내색은 못 하고 낑낑거리며 병원비 충당을 하는 실정이다. 제일 힘든 오빠들의 사정을 1도 모르고 계셨던 엄마는 "누구는 왜 이렇게 전화도 없나, 엄마가 죽었는지 살았는지 궁금하지도 않나?" 등등 하소연이 끝이 없었다. 결국은 계속 오빠들의 사정을 숨길 수 없어 엄마에게 얘기를 하게 되었다. 모든 사실을 듣고는 처음에는 적잖이 놀라셨고 그다음은 자식들 힘들다고 시골집으로 보내 달라고 고집을 부리면서 막무가내로 짐을 싸려고 하셨다. 그렇게 며칠은 잠잠하다 나를 불러 놓고 "큰 오빠는 뭐하노? 전화도 없고, 동생한테 짐은 다 지워 놓고, 오라 캐라. 내 집에 보내 도고 내 좀 살자." 그 불똥은 어김없이 맏이인 오빠에게 돌아갔다. 사실 나도 오빠들의 무심함에

섭섭할 때도 있었다. 그런다고 달라질 것도 바뀔 것도 아닌데 빠른 포기로 나를 덜 괴롭힐 수 있었고 '그렇게 힘들어도 병원비를 꼬박꼬박 입금해 주는 것만으로도 감사하자.'고 마음을 바꾸니 일단 맘이 편해졌다. 그러나 엄마는 아직도 진행형이다. 엄마의 사정을 알면서도 안타까울 때가 많다. 그렇다고 오빠들의 무심함이 옳다는 것은 아니다. 그러다 보니 엄마의 말은 늘 곱지가 않다. 욕을 하거나 원망 또는 본인이 살아온 삶을 돌아보며 어리석게 살아온 것 같다고 하신다.

늘 같은 얘기를 듣다가 지쳐 위로도 했다가 싸우기도 하고, 그럼 그나마 의지하던 딸도 자신을 외면할까 봐 힘들어하기도 하고, 어린 아이처럼 삐지기도 했다. 경험치가 없는지라 특별한 묘책이 없어 지혜롭지 못할 때가 많다.

너무 병원에만 계셔서 그런 것 같아 엄마의 생신을 겸해서 집으로 모시고 왔지만 하나도 쉬운 것은 없었다. 집으로 들어오는 것부터 화장실 사용, 목욕 등등 병원에서는 침대 생활을 하니 앉고 서서 움직임이 그나마 순조로웠지만 집은 달랐다. 온 신경을 곤두세우고 움직여야 하니 몸살이 올 지경이었다. 시골집으로 보내 달라고 하실 때마다 왜 지금은 갈 수 없는지 설명을 해도 막무가내인 엄마가 1박 2일을 집에서 지내고는 순순히 딸이 하자는 대로 따라 주신다고 한다. 그 유효기간이 언제 끝날지는 모르겠다.

지력이 사람마다 서로 다른 이유는 정념이 서로 다르기 때문이다. 그리고 정념이 서로 다른 이유는 신체의 소질이 서로 다르거나 받은 교육이 서로 다르기 때문이다.

110

이른바 무관심한 사람은 남에게 피해를 주지 않는다는 점에서 선량한 사람이긴 하지만, 대단한 상상력도 훌륭한 판단력도 가질 수 없다.

이렇듯 사람이 살면서 경험하는 여러 가지 중에서 자신의 몸을 자유롭게 움직일 수 없음이 얼마나 고통인지를 친정엄마를 옆에서 지켜보고서야 알게 되었다. 엄마가 원하는 것이 벅찬 것들이 아니라 본인에게 약간의 관심과 자식들의 얼굴을 보고자함임을 알게 되면서, 지금까지 보여주신 말씀이나 행동들도 이해할 수 있었다. 왜 그런 말씀을 하시는지 의중을 읽을 수 있다고나 할까? 이 모든 일이 나의 경험치가 됨을 알지만, 그래도 힘든 사실은 변함이 없다.

힘듦 속에도 배움은 있는 것 같다. 평범한 일상의 소중함이다. 어리석게도 행운의 여신이 내 곁에라도 와주길 바란 적도 있었지만 늘 기적적인 날들을 살면서도 모르고 살았다.

사람들은 각자가 보고자 하는 것만 보는 것은 아닐지, 오롯이 그 사람의 삶을 보면 모두가 나름의 어려움을 가지고 있다. 다만 구구절절, 속속들이 표현하지 않고 있을 뿐이다.

고통이나 역경이 왔을 때 바라보는 시각 또한 다르고 이것을 이겨내는 방법도 다를 것이다.

사람이 공포에 질리거나 곤궁에 빠졌을 때나 생각날 법한 수단들이 덧붙여지면 간지(奸智 craft)라고 불리는 비뚤어진 지혜가 된다.

이것은 소심의 증거다. 아량이 있다면 부정한 또는 부정직한 도움을 경시할 것이기 때문이다. 자기가 진 빚을 갚기 위해 강도질하는 것처럼 더 큰 위험을 초래하는 근시안적 간지에 불과하다.

근시안적인 생각은 자신을 곤궁에 빠지게도 하며 주변의 사람을 힘들게 한다.

엄마를 지켜보면서 느낀 점은 본인 위주의 사고를 하면서 주변을 돌아볼 여력이 없어지기도 하고, 아예 주변을 보려고 하지 않는다는 것이다. 다름을 알면 틀렸다고 하지 않고 자신을 덜 힘들게 할 수 있으련만, 옆에서 아무리 이야기를 해도 남의 시선에 너무 예민하다.

우리 가족들 모두가 '자리이타'하는 마음으로 지금 일어난 일들을 하나씩 풀어나갈 수 있길 기원해 본다. 우리 가족뿐만 아니라 지금을 살아가는 모든 사람이 현명하고 지혜로운 생각으로 어려움을 이겨내길 바래본다.

나만 행복하다고 좋은 것은 결코 아님을 알기에 주변도 두루두루 행복해야 비로소 환하게 웃을 수 있음을 안다.

이해란 '이해한다고 말하는 것도 좋지만 자기의 상황을 알고 받아들일 수 있을 때까지 기다려주는 것 또한 이해하는 다른 방식이 아닐까?'하고 생각해 본다.

'나'라는 존재가 없으면
종교도 없다.

조언자로부터 각자의 정통한 영역에 따라 조언을 받으면서
일하는 사람이 최선의 성과를 얻고, 자기의 판단에만 의지하여
일하는 사람은 차선, 조언의 틀 속을 아래위로 요동하면서
일하는 사람은 최악이다.

– 토머스 홉스, 리바이어던

운명에 대한 근심이 신을 낳기 시작하면 사람들의 수만큼 많은 신이 생겨나게 된다.

사람에게 닥친 불운이나 행운은 운명이라고 흔히들 말한다. 토머스 홉스는 『리바이어던』에서 사람의 수만큼 운명에 대한 근심이 생긴다고 말한다.

운명이란 뭘까?

살아내야 할 몫인가?

그냥 순응하라는 소린가? 앞을 알 수 없는 우리로서는 참으로 암담할 때가 많다.

행운이나 불행, 혹은 개별적인 일의 성패 여부를 어떻게 알려주는가 하는 문제들에 관하여, 인간은 당연히 난관에 봉착한다.

행복은 당연시하면서 유독 불행에 대해서는 민감하다. 불행이 닥

치면 받아들이는 마음가짐도 다양하며 대처하는 방법도 다르다.

보통은 처음에는 억울해하고 점점 시간이 지나면 순응하다가 합리화를 시키고 끝에는 받아들이기도 하고 포기해 버리기도 한다.

사람의 힘으로 도저히 해결할 수 없다고 생각되는 일은 절대적인 힘을 가졌을 것 같은 신을 찾는다. 지푸라기라도 잡고 싶은 마음에 어리석은 판단을 내리기도 한다.

시간이 지나야 할 것을, 당장 해결될 문제가 아님을, 제 삼자는 볼 수 있어도 다급한 당사자는 눈과 귀를 닫아 버린 것처럼 구렁텅이에 빠지기도 한다.

올바른 사고를 하지 못한다.

혼자서 힘들다면 정말 경험이 풍부한 이들의 조언을 들어보는 것도 많은 도움이 될 것이다. 조언을 받고 실행에 옮기는 사람들을 분류한 문구가 있다.

조언자로부터 각자의 정통한 영역에 따라 조언을 받으면서 일하는 사람이 최선의 성과를 얻고, 자기의 판단에만 의지하여 일하는 사람은 차선, 조언의 틀 속을 아래위로 요동하면서 일하는 사람은 최악이다.

조언도 받아들일 준비가 된 사람만이 알고 실행으로 옮길 수 있는 것이다. 원인 없는 결과는 없는 법, 지금 내가 하는 사소한 행동이 엄청난 '나비효과'를 불러 올 수도 있다. 나빠진 것을 좋게 하려고 온갖 수단과 방법을 남용할 것이 아니라, 지켜야 할 기본만 제대로 지켜도 엉킨 문제가 풀릴 것이다.

내가 처한 환경, 건강, 자연이 주는 여러 가지 혜택, 등등 기본에만 충실해도 부족함이 없을 것을, 욕심이라는 친구와 손을 잡는 순간 힘들어지는 것은 당연지사이다.

'어떤 사람도 행위, 언어, 표정, 동작으로 타인에 대한 증오나 경멸을 나타내서는 안 된다.' 이 법을 위반하는 것을 일반적으로 '오만불손'(傲慢不遜 contumely)이라 부른다.

자연법은 불변하고 영원한 것이다. '불의, 배은, 오만, 자만, 불공평, 역성들기'와 같은 것이 결코 합법적인 것이 될 수는 없기 때문이다.

잘못은 본인이 하고 해결이 어려우면 절대 신은 찾은 것은 무슨 계산법일까? 그리고 사람들은 자신의 소원을 잘 이뤄주는 신을 찾아 이곳저곳을 기웃거리기도 한다. 어떤 신을 믿고 따르든 그것은 자유다. 그러나 신이 모든 것을 해결해 주지는 않는다. 오직 자신의 과제이다. 좋은 생각을 하든, 괴로운 생각을 하든 그 사람의 몫이다.

인간에게 신의 존재가치는 자신을 기준으로 해서 모든 것이 순탄하고 안전하기를 바라는 마음이 작동해 만들어낸 것이다. 나라는 존재가 없다면 신의 존재도 아무런 의미가 없다.

아무리 작은 생명을 가진 것이라도 그 가치를 함부로 판단할 수 없듯 우리는 모두 참으로 소중하다.

다양한, 영험한, 신통한 신들을 찾을 것이 아니라 주변의 참으로 소중한 인연을 잘 받든다면 더없이 좋을 것을, 소중히 해야 할 것은 소홀하고 엉뚱한 곳에 정성을 들이고 있다.

늘 어려움만 있는 삶도 없고, 즐거움만 계속되는 삶도 없다. 이 둘은 친구처럼 같이 다닌다고 한다. 그러니 이렇게 짐작하며 기다려 봄직 하다.

'이 불행 다음엔 행복이 기다리고 있겠지?'

병원을 오가며 엄마와 씨름하느라 힘든 요즘, 어디선가 듣고 마음에 새겨 둔 말, 내가 좋아하는 구절을 늘 떠올린다.

"이 또한 지나가리라."

절대적인 신도 '나'라는 존재가 없다면 아무런 의미가 없음을 안다.

우리는 어떤 울타리를
만들 것인가?

법은 공인된 규칙이기 때문에 그 효용은 인민의 자유의사에
따른 활동을 구속하는 데 있는 것이 아니라, 그들이 충동적인
욕구나 성급함, 경솔함으로 인해 다치는 일이 생기지 않도록
그들을 지도하고, 그들의 행동을 제한하는데 있다. 이것은
마치 울타리가 보행자의 길을 가로막기 위해서가 아니라,
길을 따라 걷도록 하기 위해 세워져 있는 것과 같다.

- 토마스 홉스, **리바이어던**

"벨트 하자!"

"안전벨트 했지?"

아이들을 차에 태우고 2~3번을 확인한다. 차를 타게 되면 아이들과 우리 부부의 안전을 위해 제일 먼저 하는 일이다. 올해 9월 28일부터 개정된 도로교통법은 전좌석 안전벨트 착용을 의무화하고 있다. 안전벨트를 하면 갑갑하고 불편하지만, 운전이라는 것이 나만 잘 한다고 안전한 것은 아니라서 늘 주의하는 편이다. 도로교통법은 지키는 사람이 많을수록 모두가 안전해지는 좋은 법이다.

좋은 법이란 무엇일까? 토마스 홉스는 『리바이어던』에서 필요하면서 명료한 법을 좋은 법이라고 하였다.

법은 주권자가 만드는 것이며, 주권자가 한 모든 행위는 인민 각자가 승인한 일이며, 또한 각자가 그 행위의 본인이다. 따라서 이러한 행위에 대해 불의라고 말할 수 있는 사람은 아무도 없다. 코먼웰스의 법은 도박의 규칙과 같은 것이다. 모든 도박꾼이 합의한 규칙은 그들 어느 누구에게도 불의한 것이 될 수 없다. 좋은 법이란 '인민의 행복'을 위해 '필요한' 동시에 '명료한'법을 말한다.

2018년 6월 등록된 자동차 수가 2,288만대가 등록 되었다고 한다. 대한민국 인구수가 5,177만명, 인구의 절반에 가까운 2,288만대의 차가 도로를 활보하고 다닌다. 그만큼 자동차 사고도 증가하고 있어서, 자동차 수가 적었던 과거의 법률을 계속 적용할 수 없게 되었다. 새로운 시대에 맞는 법, 시민의 안전을 지켜줄 새 울타리가 절실해졌다.

법은 공인된 규칙이기 때문에 그 효용은 인민의 자유의사에 따른 활동을 구속하는 데 있는 것이 아니라, 그들이 충동적인 욕구나 성급함, 경솔함으로 인해 다치는 일이 생기지 않도록 그들을 지도하고, 그들의 행동을 제한하는데 있다. 이것은 마치 울타리가 보행자의 길을 가로막기 위해서가 아니라, 길을 따라 걷도록 하기 위해 세워져 있는 것과 같다. 그러므로 불필요한 법은 법의 진정한 목적을 가지고 있지 않기 때문에 좋은 법이 아니다. 어떤 법이 인민들에게는 불필요하다 하더라도, 주권자에게 이익이 된다면 좋은 법이라고 생각될 수도 있겠지만, 그것은 그렇지 않다. 주권자의 행복과 인민의 행복은 서로 분리 될 수 없다. 약한 백성을 거느리는 자는 약한 주권자이며, 자신의 의지대로 지배하는 권력을 결여한 주권자 아래에 있는 사람은 약한 인민이다. 불필요한 법은 좋은 법이 아니라, (주권자의) 축제를 위한 함정일 뿐이다.

등·하교 길 아이들이랑 아침인사를 하고 마무리 말은 차가 오는지 잘 살펴보고 다니라고 이른다. 안전은 아무리 강조해도 부족하다는 말에 동의한다. 아이들은 아마도 엄마가 일어나지도 않는 일을 미리 걱정하고 잔소리를 한다고 생각할 것이다. 그래도 나는 아이들에게 차가 오는지 꼭 확인하고 다니라고 새겨 넣는다.

그밖에도 나는 아이들의 울타리 역할을 열심히 한다. 때로는 과도한 울타리가 되고, 때로는 너무 느슨하여 위험에 노출되기도 한다.

부모들은 왜 자식들에게 울타리를 치는 걸까?

굳이 경험하지 않아도 되는 위험으로부터 보호하고 싶은 것일까? 아니면 아이가 아픔을 겪는 과정이 싫은 것일까?

나는 위험으로부터 아이들을 보호하고 싶어서 울타리를 친다. 아이들의 성장에 맞게 나의 울타리 범위도 넓어지면 좋겠다. 그렇다고 쿨 한 엄마가 되고 싶은 건 아니다. 내가 원래 그렇지 못하다. 보통 엄마들이 그렇듯 마음을 다하는 따뜻한 엄마이다. 하지만, 가끔은 아이들이 잘 되길 바라는 마음에서 성급하고 충동적인 모성애도 발휘한다. 또한 나의 성급함과 충동적인 모성애가 어쩌면 아이들에게 역량을 발휘할 수 있는 기회를 줄이고 있는 것은 아닌지 걱정도 한다.

울타리 치기는 어렵다. 세상 무슨 일이 있어도 엄마와 아빠는 너희 편이라는 것을 마음 깊이 심어주고 싶다. 발을 딛고 어딜 가든 내 편이 있다는 든든한 믿음으로 나가길 원한다.

목표를 달성하기 위해서는 달콤함만 있지 않다는 것도 아이들이 알았으면 좋겠다. 성취, 인간관계 등 공동체 생활에 필요한 많은 것들은 동전의 양면처럼 장·단점이 존재한다. 아이들은 사회생활에서 자신과의 싸움도 경험하고, 타인과의 관계 속에서 밀고 당기는 힘겨루기도 경험해야 한다.

그 과정은 힘들고 아프지만 자신의 것으로 만들기 위한 노력을 멈추면 안 된다. 토마스 홉스의 말을 살펴보자.

만약 남에게 보호를 받기만 하면 죽을 때까지 자신에게 식견과 역량이 있을 날이 없습니다. 지금 사람들은 모두 남의 보호를 받는 사람들로, 애초부터 남을 보호하는 일이 있다는 것을 모릅니다.

집안에 있으면 부모에게, 관직에 있으면 부서장의 보호를 받습니다. 조정의 관리가 되면 재상에게, 변방의 장수가 되면 중앙부서에, 성현이 되려면 공자·맹자에게, 문장을 지으면 반고·사마천에게 보호를 구합니다.

이런 여러 가지 경우를 살펴보면 모두 스스로 자기는 사나이라고 생각하지만, 사실은 모두 아이인데도 그것을 깨닫지 못하는 것입니다. 호걸과 평범한 사람의 차이는 오직 남을 보호하는 것과 보호를 받는 것에서 찾을 수 있습니다.

올해 나는 아이들에게 대화가 아닌 주문을 자주 하였다. 공부하라는 주문을. 자식을 위하는 마음인데 아이들이 몰라줘서 내 마음이 조급하고 속상하였다. 내 맘 같지 않은 아이들이다.

"엄마, 엄마는 왜 우리에게 잘한다고 하지 않아?"

큰 아들이 하루는 툭 던진 말이다. 큰 아들은 '책 읽어라' 노래 부르지 않아도 책을 자주 본다. 그런 아이에게 나는 아이가 잘하는 것은 쏙 빼고, 잘 하지 않는 것만 주문을 한 것이다.

"수학 문제집은 풀었니? 영어는?"

큰 아들이 툭 던진 말에 뜨끔 하고 있는데 작은 아들도 한마디 붙인다.

"우리가 엄마를 기쁘게 하려고 얼마나 많이 노력하는데!"

'아! 그랬구나!'

그랬다. 아이들이 공부의 즐거움을 알면 얼마만큼 알겠는가? 아이들이 옛날 성인군자들처럼 묵묵히 자기 할 일을 깨우쳐 스스로 하길 바랐던 것일까? 따뜻한 말은 횟수가 많이 줄고, 독단적으로 규칙을 만들어 아이들을 소몰이 하듯 울타리를 좁혀가며 몰았다. 아이들이 하는 게임을 알고, 아이돌 노래를 같이 듣고 부르는 것으로, 아이들을 이해하고 있다고 혼자만의 착각을 한 것이다.

큰아들이 책을 자주 본 것은, 책 보는 것을 좋아하는 엄마를 위하는 마음이 먼저였고, 유행하는 딱지 같은 물건을 사달라고 조르지 않은 것은, 엄마가 검소함을 강조하니 사고 싶은 것이 있어도 아이들이 절제를 했던 것이다.

무딘 어미가 아이들이 노력하고 있는 것을 몰랐다. 오히려 내 마음을 모른다고 아이들을 야속하게 생각했다. 나의 욕구를 아이들에게 지킬 것을 강조했다. 못하면 혼나고, 잘하면 당연하다는 듯 지나가버리고 계속 잘하라고만 하였다. 공부에 흥미를 잃게 되고 하고 싶은 마음이 줄어들었을 것이다. 어려운 것을 못하면 쉬운 것을 제시하여 자신감을 심어 주고 기다리며, 아이 혼자 할 수 있도록 놔둬야 했다. 공부를 하지 않아도 된다는 것이 아니라 공부하고 싶은 마음이 들게 도와줘야 했다. 그러면서 필요할 때, 간절히 원할 때 알려줘야 했다.

알려고 노력하지 않으면 깨우쳐 주지 않으며, 애태우지 않으면 말문을 열어 주지 않으며, 한 모서리를 들어 주었는데 이것으로 나머지 세 모서리를 반증(反證)하지 못하면 다시 말해 주지 않는다.

울타리는 보행자의 길을 가로막기 위해서가 아니라, 길을 따라 걷도록 하기 위해 세워져 있는 것과 같다. 큰 아들이 태어나는 순간 처음 엄마가 되었고, 큰 아들의 성장 연령에 맞추어 엄마의 연령이 올라가고 있다. 처음 아이를 키울 때엔 실수하고 싶지 않았다. 유명한 유대인의 육아서를 수차례 읽고, 닮고 싶은 좋은 글귀와 문구는 놓치고 싶지 않아 늘 옆에 두고 읽었다. 좋은 엄마가 되고 싶었다. 좋은 아내도 되고 싶었다. 결국, 나는 나의 욕심만큼 나를 규제하는 것이 많이 생기는 바람에 끝내 과부하가 걸렸다.

아이를 키우는 것은 나 혼자만의 노력으로 되는 것이 아니었다. 여유를 가지라고 나에게 요구했다. 여유를 가지고 아이들을 따뜻한 눈길로 바라보려 노력 했지만, 그건 노력이 아니라 자연스럽게 되어야 한다. 아이들의 오감발달 능력은 내가 생각한 것 이상이었다. 자신을 보호해줄 사람을 찾고 알아보는 생존력은 인간 DNA의 본능이었다. 아이들에게 나는 너희 편이라는 따뜻함을 안겨 주었을까?

의심하지 말자. 사랑과 보살핌으로 아이들을 키웠다. 힘들고 지쳤을 때 두 아이는 내 품에 와 안겼다 웃으며 일어난다. 상황에 따라 내가 아닌 아빠 에너지로 충전하기도 한다. 나는 서툴지만 잘하고 있다.

다만, 지금의 울타리 역할을 고쳐야 할 거 같다. 아이들 길을 가로막지 않고 길을 따라 걷도록 말이다. 나는 성인이 아닌 그냥 평범한 사람이다. 스스로를 질타할 만큼 잘못하지 않았다. 엄마라면 누구나 겪는 실수가 아닐까? 지금처럼 나의 욕심으로 울타리 역할을 과하게 하거나 나태해지면, 나란히 같이 걷고 있는 남편이 조언 해 줄 것이다.

아이들의 개성을 존중하며 우리의 역할이 과하지 않게, 나태하지 않게, 수위를 조절할 때가 온 것이다. 부모는 온화하지만 단호해야 한다. 사회심리학자인 아들러는 온화하고 단호하게 자녀를 대해야 한다고 말했다. 온화하다는 것은 힘으로 누르지 않고 끈기 있게 대화를 나눈다는 것을 의미한다. 단호하다는 것은 아이와 부모의 과제를 분리한 뒤, 아이가 스스로의 힘으로 과제를 맞설 수 있다면 불필요한 개입은 하지 않는다는 뜻이다.

아이들이 자기가 좋아하는 것이 무엇인지 찾아갈 수 있도록 지켜봐 주자. 아직까지 오감을 풀가동하고 있는 아이들이 몸으로 느낀 것을 자기 자신 것으로 소유할 수 있도록 말이다.

죽어서도
천국 안가고 싶다.

"부활 때에는 사람들은 장가도 가지 않고, 시집도 가지 않고, 하늘에 있는 천사들과 같다." 그들에게 영원히 죽지 않는 것의 의미를 설명하면서, 하늘에 있는 천사들이 그러한 것처럼, 생식도 없고, 결혼도 없다고 한 것이다.

- 토마스 홉스, **리바이어던**

흔히 교회 다니는 아이들이 제일 많이 했던 말은 '사람은 죽어서 천국 간다.' 교회 안 믿으면 '죽어서 지옥 간다.'였다. 종교가 뭔지도 잘 몰랐던 어린 나이에도 무서운 말이었다. 그래서 교회가 없어서 다니지 못해도, 여름 방학 때마다 찾아오는 여름성경학교는 빠지지 않고 다녔다. 물론 찬송가 부르면 하나씩 주던 초코파이에 더 맘이 있었다는 건 누구나 아는 비밀이다.

　너무나 자연스럽게 받아들이고 있었던 '교회 믿으면 천국 간다.'. 이 말을 내 나이 43살 먹을 때까지 동화의 한 장면으로만 생각했었나 보다. 내가 생각했던 천국은 왠지 화사하고 따뜻한 색감이 펼쳐지는 풍경에, 신록은 푸르고 천사들은 날아다니며, 사람들이 마냥 행복해하는 모습을 그렸던 것 같다. 다들 비슷하지 않을까 한다. 게다가 초등학교 다닐 때 이후론 교회를 다니지도, 여름성경학교도 가지 않았다. 그래서일까? 나는 이 책에서 표현된 천국을 보고도 행복해할 수가 없었다. 내가 성경을 읽었더라면 놀라지 않았겠지만, 나에게는 충분히 충격이었다.

"부활 때에는 사람들은 장가도 가지 않고, 시집도 가지 않고, 하늘에 있는 천사들과 같다." 그들에게 영원히 죽지 않는 것의 의미를 설명하면서, 하늘에 있는 천사들이 그러한 것처럼, 생식도 없고, 결혼도 없다고 한 것이다.

이 부분이 어떻게 받아들여지는가? 저런 세상이 진짜 천국이라고? 의문이 드는 구절이다. 사람마다 다를 수 있다. 내가 교회를 다니지 않고 하나님을 받들지 못했기 때문에 무지해서이기도 하다. 하지만 만일 천국이 저런 곳이라면 나는 굳이 가고 싶지가 않다. 만약 천국을 가지 못하면 반드시 지옥으로 가야 한다고 하면, 그때는 마지못해 천국을 택할지도 모르겠다.

부활이라는 의미는 하느님이 지상으로 재림하시어 우리에게 영생의 구원을 내려주시는 거라고 한다. 지금 이 모습 그대로 늙지도 죽지도 않는다는 말이다. 이상하지 않은가? 불로불사가 과연 행복한 걸까? 나는 그러기 싫다. 자연스럽게 나이를 먹고 싶고, 그리고 죽음을 받아들이고 싶다. 영원불멸을 위해 인류가 노력하는 중임은 알고 있다. 비록 소설이긴 하지만 가즈오 이시구로의 '나를 보내지 마.' 소설을 보면 장기를 대체하기 위해 복제인간을 만들고, 그 복제인간의 장기를 사람들에게 이식하는 내용이 나온다. 그런데 복제인간이라고 거창하게 이야기하고 있지만, 우린 이미 인공적인 장기들을 사용하고 있다. 더 젊어지는 것. 나아가서 늙지 않는 것은 자연스러운 일이 아니란 생각이 든다. 나이가 들면 늙고, 장기는 힘을 잃고, 기능이

떨어지는 것이 자연스럽다는 것을 받아들인다면, 사는 것이 좀 덜 힘들지 않을까 싶다. 사람 욕심이 '더 살고 싶다.'는 것에서 나아가, '죽지 않겠다.'가 되면 그 세계가 과연 존속될까?

아이의 모습으로 죽으면 평생 아이이고, 노인의 모습으로 죽으면 평생 노인의 모습인 천국, 죽는다는 표현을 교회에선 부활이라는 단어를 사용하니 바꿔서 이해해 주길 바란다.

아이일 때 가질 수 있는 감정과 생각이, 나이가 들면 바뀌어 가고, 더 풍부해지거나 없어지기도 하지만, 청소년일 때, 결혼했을 때, 아이를 낳았을 때, 그리고 아이를 키울 때, 배우고 깨우치는 진리가 얼마나 많은가? 그런 것들을 알 수 없게 만드는 곳이 교회에서 말하는 천국이라는 곳인가?

비약이 너무 심한 건지도 모르겠다. 하지만 나는 이런 생각이 든다. '아! 저런 곳이 천국이라면 진짜 재미없겠다. 나는 여기가 더 재밌어.'라는.

지옥도 싫은데, 그럼 나는 어디로 가야 하나? 다른 선택지는 없는 것인가?

분노를 표출할 자유?

인간은 평화와 자기방어가 보장되는 한, 또한 다른 사람들도 다 같이 그렇게 할 경우, 만물에 대한 권리를 기꺼이 포기해야 한다. 대신 자신이 타인에게 허락한 만큼의 자유를 타인에 대해 갖는 것에 만족해야 한다. 왜냐하면 모든 사람이 자기 뜻대로 무엇이든지 할 수 있는 그런 권리를 보유하는 한, 모든 인간은 전쟁상태에 놓이게 되기 때문이다.

                                                  - 토마스 홉스, **리바이어던**

영어에는 우리나라 '갑질'에 해당하는 마땅한 단어가 없어서 'gapjil'이라는 새로운 단어가 생겼다고 한다. 2014년 '땅콩 회항' 사건으로 주목받은 '갑질'이 이제 어쩌다 발생하는 일이 아니라 새로운 영어단어로 등록될 만큼 빈번한 일이 되었다는 뜻이다.

'엽기적인 인권침해 갑질, OOO 회장 체포'

'물벼락, 폭언 OO 전무 갑질'

폭언과 갑질을 그들의 권리라 생각하는 재벌들은 토머스 홉스의 충고를 새겨들어야 한다. 그는 『리바이어던』에서 이렇게 말한다.

상층민의 명예는 그들이 하층민에게 어느 정도의 은혜와 원조를 베푸는가에 따라 평가되어야만 한다. 폭력, 직권 남용, 기타 행위를 상층민이 한 경우, 죄가 경감되는 것이 아니라 오히려 가중된다. 그런 죄를 저질러야 할 필요가 훨씬 적기 때문이다. 상층민의 방면은 오만을 낳고, 오만은 하층민의 증오를 낳고, 증오는 억압적이고 오만불손한 모든 상층민을 타도하려는 시도를 낳는다. 이것이 코먼웰스를 파멸시킨다.

재벌은 은혜와 원조를 베풀어야 하며, '갑질'은 가중처벌을 받아 마땅한 일이라는 것으로, 이는 하층민을 위한 것이라기보다는 상층민을 위한 충고이다. 재벌들의 오만은 결국 자신이 쌓은 성을 무너뜨리고, 파멸에 이르게 하는 원인이 되기 때문이다. 특히 어려움을 모르고 자란 재벌가 자식들의 폭언, 폭행은 부모의 명예에 먹칠하고, 부모가 평생 이룬 기업을 위기에 빠뜨리고, 몰락시키는 원인이 된다.
'백 리 안에 굶는 이가 없게 하라.'는 나눔을 실천한 경주 최부자 집이나, 노블레스 오블리주를 실천한 서양 귀족들은 주변을 이롭게 하는 것이 자신의 부귀를 오래 유지할 수 있는 길임을 이미 깨달은 사람들이다.
아직도 갑질을 일삼는 어리석은 재벌들은 '고귀한 사람은 고귀하게 행동해야 한다.'는 노블레스 오블리주 본래의 뜻을 한 번 더 생각해볼 일이다. 오두막이 편안해야 궁궐이 안전하다.

> 공항직원 : 손님, 액체류는 반입 불가 품목이라 생수병은 들고 들어갈 수 없습니다.
>
> 남자손님 : 뭐야? 내가 돈 주고 산 물병을 아직 따지도 않았는데 버리라고?
>
> 공항직원 : 네. 손님 마시거나, 아니면 버리고 들어오십시오.
>
> 남자손님 : 그래, 그럼 니가 먹어봐.(직원 얼굴에 물을 붓는다.)

주말 오후, TV를 켜니 인천공항에서 일하는 사람들이 주인공인 드라마에서 '진상손님'과 공항 검색대 직원이 실랑이를 벌이는 장면이 나왔다. 드라마니까 과장되었을 수도 있지만, 우리사회에서 갑질을 일삼는 사람들이 재벌만이 아님을 보여주는 장면이다.

다음은 2017년 잡코리아에서 직장인 갑질 행태를 조사한 결과이다.

갑질 피해는 민감, 가해는 둔감	
직장생활 중 갑질피해를 당한 적이 있다.	88.6%
직장생활 중 본인이 갑질을 해본 적이 있다.	33.3%

88.6%의 직장인이 갑질을 당했다면 그만큼 갑질을 한 사람이 있다는 뜻이다. 그런데 그것을 갑질이라고 생각한 사람이 33.6%뿐이라면 55%는 자신도 모르게 갑질을 하고 있는 셈이다.

직장상사 갑질 만이 아니라 공무원 갑질, 고객 갑질, 종업원 갑질 등 지위에 상관없이 갑질 사건이 너무나 빈번하다. 최근에는 약자들의 '을질'도 만만치 않다고 한다. 이처럼 너도, 나도 참지 않고 분노를 드러내는 것이 점점 당연해지고 있다.

우리가 모두 남에게 분노를 표출할 자유를 누려도 될까?

토머스 홉스는 이렇게 말한다.

인간은 평화와 자기방어가 보장되는 한, 또한 다른 사람들도 다 같이 그렇게 할 경우, 만물에 대한 권리를 기꺼이 포기해야 한다. 대신 자신이 타인에게 허락한 만큼의 자유를 타인에 대해 갖는 것에 만족해야 한다. 왜냐하면 모든 사람이 자기 뜻대로 무엇이든지 할 수 있는 그런 권리를 보유하는 한, 모든 인간은 전쟁상태에 놓이게 되기 때문이다.

우리가 절제와 인내, 격식을 갖춘 표현으로 상대방을 배려하는 것은 결국 자신의 평화를 위해서이다. 인류가 오랫동안 절제와 인내를 미덕으로 삼고, 도덕 교육을 해온 까닭은 이것이 전쟁상태에서 벗어나는 유일한 해법이었기 때문이다. 본성이 이기적인 인간이 자기의 욕구대로 자유롭게 행동하는 사회는 혼란과 폭력이 난무할 수밖에 없다.

조용한 아침의 나라, 동방예의지국으로 이름을 떨쳤던 나라가 왜 이렇게 되었을까?

'황금 보기를 돌같이' 하는 것을 자랑으로 여기던 사회적 가치가 자본주의의 영향으로 '황금만능주의'로 바뀐 것이 주된 원인이라고 보는 사람들이 많다.

"부자 되세요."

"당신이 사는 곳이 당신의 가치를 말해줍니다."

광고에서는 이처럼 아주 대놓고 당신이 소비하는 돈이 당신의 가치라고 황금만능주의 사상을 주입한다. 사람들은 경쟁하듯이 몸에서 황금 냄새를 풍기려고 돈을 쓴다.

'자기 PR 시대'라는 말이 처음 등장할 때는 학벌, 학위를 비롯한 능력, 겉으로는 보이지 않는 자기 실력을 드러내는 것을 가치로 삼았다. 자부심으로 똘똘 뭉친 명문대 학생들은 겉차림에 신경 쓰지 않아도 아무런 문제가 없었고, 학교 배지 하나면 충분히 존중받았다.

산업화 성공 이후 대중 소비문화가 확산되면서 옷, 가방, 신발에서 부터 자동차, 집, 거주 지역까지, 모든 사람의 눈에 잘 보이는 능력, 겉으로 표시 나는 경제력을 과시하기 시작했다.

최근에는 SNS의 발달로 본 것, 들은 것, 먹는 것, 가는 곳 등 자신의 사생활까지 실시간으로 남에게 드러내는 것이 일상이 되었다. 이처럼 절제와 인내가 사라진 사회에서 분노의 감정만 예외일 수는 없다.

애덤 스미스는 『도덕 감정론』에서 격정이 과도하게 표현되는 것을 의지박약, 또는 격노라고 하였다. 그리고 보통 사람들이 공감할 수 없을 만큼 강력한 분노 표현은 사람을 불쾌하게 만들 뿐만 아니라, 인간이 짐승과 공유하는 특성으로 인간 본성과 거리가 멀다고 하였다.

인류역사상 가장 풍요롭고 자유로운 시대, 신분의 억압에서 풀려 난 인간은 이성의 자유만이 아니라 감성과 본능까지 자유롭기를 바란다. 과학기술의 발전으로 동물과 가장 격차가 벌어지는 시대에, 인간은 다시 동물처럼 울부짖으며 분노를 표출하는 행위도 마다하지 않는다. 인간관계 예절이 무너지고, 인내와 절제가 실종되고 있다.

모든 자유를 누릴 수 있는 사회는 없다. 우리가 모두 절제 없이 감정을 표출할 자유를 누린다면 그 사회는 '갑질, 을질 전쟁터'가

될 뿐이다. 가장 비참한 상황은 오히려 개개인이 자유를 누릴 때 발생한다.

토마스 홉스는 그 비참함을 이렇게 표현한다.

끊임없는 공포와 생사의 갈림길에서 인간의 삶은 고독하고, 가난하고, 험악하고, 잔인하고, 그리고 짧다.

평화로운 사회를 원한다면 이제 분노 표출의 자유는 우리 모두가 '포기해야 할 권리'이다.

나는 어떤 힘을
가지고 싶은가?

후함과 결합한 부도 힘이다. 친구와 종복을 얻을 수 있기 때문이다. 후함이 없으면 힘이 되지 않는다. 왜냐하면 그 부가 소유자를 보호하는 것이 아니라 거꾸로 그를 질투의 먹이로 만들고 말기 때문이다.

– 토마스 홉스, **리바이어던**

힘이란 무엇일까? 힘이 무엇이기에 가지기 위해 애를 쓰는 것일까? 리바이어던에서는 힘을 '어떤 것을 해낼 수 있는 심신의 능력'이라고 했다. 사람들은 그 힘을 가지기 위해 권력, 명예, 재력 등을 가지려고 한다. 사람마다 양상과 크기가 다르기는 하겠지만 많은 사람이 얻으려고 하는 것 같다.

모든 사람이 바라지는 않겠지만 대부분의 사람이 힘을 가지려고 한다고 생각된다. 우선 나 자신도 어렸을 때 학창시절에 뭐든 해보겠다고 매 학년 학기 초 선거마다 나갔던 기억이 있다. 그땐 그게 당연하다 생각했고 욕심도 부렸던 것 같다. '안 하겠다.' 하면서도 감투 쓰는 걸 마다하지 않았다. 지금 생각해보면 부끄러울 뿐이다. 자다가 이불 한 번은 차야 할 것 같다.

나는 그 힘이 명예욕으로 온 것이 아닐까 싶다. 우습게도 지금 내 아이도 그런 것 같다. 아이들도 자기들끼리 서열을 정한다. 누가 정해주지 않아도 자연스럽게 줄을 세우고, 그 줄 제일 앞에 서고 싶어

하는 것 같다.

어린이집을 다니면서 혼자라면 절대 몰랐을 힘을 어떻게 아이들은 몸으로 받아들이는 걸까?

인간의 힘 중 가장 큰 것은 다수의 인간이 동의하여 단 한 사람의 자연인 또는 사회적 인격에 그 힘을 결집하는 경우이다. 그 하나의 인격이 다수가 지닌 힘을 사용하는 방식에는 두 가지가 있다. 하나는 코먼웰스의 힘처럼 하나의 인격의 의지에 따라 힘이 행사되는 경우이고, 또 하나는 당파의 힘이나 혹은 여러 당파가 연합한 힘처럼, 각자의 의사에 따라 힘이 행사되는 경우이다.

이 부분을 읽는 동안, 바로 떠오르는 장면이 있었다. 바로 2년 전에 있었던 촛불혁명의 그 장면 말이다. 촛불혁명은 여러 당파가 앞장서고 많은 시민이 만들어 낸, 이 시대, 어느 나라에서도 볼 수 없는 평화적 혁명이었다. 경찰이 도로에 깔리긴 했지만, 질서유지를 위해서였고, 누구 하나 심하게 다치는 사람 없이(사상자 55명) 장장 6개월간 집회를 열었다. 주최 측 누적 참여 인원 16,894,280명, 경이로운 인원이다. 저 중 단 55명의 경상자가 있었을 뿐이다.

토마스 홉스가 이야기한 힘의 두 가지 중 한 가지에 해당하는 우리들의 모습이었다. 자랑스럽다. 앞으로 토마스 홉스가 이야기한 힘의 종류에 대해 좀 더 들어가 보도록 하자.

후함과 결합한 부도 힘이다. 친구와 종복을 얻을 수 있기 때문이다. 후함이 없으면 힘이 되지 않는다. 왜냐하면 그 부가 소유자를 보호하는 것이 아니라 거꾸로 그를 질투의 먹이로 만들고 말기 때문이다.

후함이라는 말에 주목해야 할 것이다. 친구도 종복도 후함이 없으면 얻기가 힘들기 때문일 것이다. 부자 주위에는 사람이 넘친다. 하나라도 더 얻기 위해 몰려든다. 그들 중 자기의 부를 더 후하게 주고 싶은 사람들은 있기 마련이다. 그런 사람들이 처음에는 종복이었다가 후에는 친구도 될 수 있는 것이 아니겠는가? 부자가 아닌 사람들이 친구와 종복을 만드는 것은 부자들보다는 시간과 노력이 더 필요하지 않을까 한다. 아마 만들기를 포기하게 될지도 모른다.

힘이 있다는 평판도 힘이다. 보호를 필요로 하는 사람들을 끌어 모으기 때문이다.

앞에서 말했던 권력이 아닐까 한다. 지금의 우리나라로 친다면 국회의원이나. 지자체장들이 여기에 해당될 것이다. 왜냐면 이들이 이권을 가지고 있기 때문이다. 앞으로 개발할 곳을 정하고 시기를 정하고 그 허가를 하는 사람들, 누가 봐도 힘이 있는 자들이다. 그래서 건축허가와 관련된 비리가 심심치 않게 터지는 곳이다. 정경유착이란 말이 괜히 나온 것이 아니다.

멀리 사례를 찾아볼 것도 없이 이명박 대통령 시절 했던 4대강 사업을 들 수 있겠다. 한국형 녹색 뉴딜을 내세워 '4대강 살리기 사업'이라고 이름 붙인 4대강 사업은 2008년 12월 29일 낙동강 지구 착공식을 시작으로 2012년 4월 22일까지 22조 원의 예산을 투입해 추진한 대하천 정비 사업이다.

이 사업은 한강, 낙동강, 금강, 영산강 등 4대강을 준설하고 친환경 보(洑)를 설치해 하천의 저수량을 대폭 늘려서 하천 생태계를 복원한다는 것을 주된 사업 명분으로 하고, 그 밖에 노후 제방 보강, 중소 규모 댐 및 홍수 조절지 건설, 하천 주변 자전거길 조성 등을 부수적 사업 내용으로 하였으나, 실제로는 한반도 대운하 재추진을 염두에 두고 진행된 사업이었음이 감사원의 조사 결과 밝혀졌다.

이 사업으로 이익을 창출한 집단은 대통령을 지인으로 두고 있었던 몇 개의 건설사 뿐 이었다. 몇 십 만개의 일자리 창출은 다수의 아르바이트생을 제하고 나면 제대로 된 일자리라 부르기도 민망한 수치이다. 홍수, 가뭄에 대비한다던 이 사업은 낙동강을 호수로 만들고 말았다.

조국을 사랑하고 있다는 평판, 즉 사람들 사이의 인기도 같은 이유로 힘이 된다.

조국을 사랑하기 때문에 남한 단독정부 수립을 반대해 북한과 대화를 나눴던 김구 선생이 떠오른다. 조국의 계몽을 위해 교육을 힘쓰고 상해 임시정부 주석을 맡으며 조국 독립을 위해 평생을 바치신 분이시다. 그래서 일평생 사람들이 그렇게 따르고 돌아가시고도 그 유지를 받들기 위해 노력하신 후진들이 있었나 보다.

"슬픔도 노여움도 없이 살아가는 자는 조국을 사랑하고 있지 않다."

네크라소프의 시구이기도 하지만 유시민의 '항소 이유서'의 마지막 구절로 더욱 유명한 말이라고 한다. 나 역시 조금 더 조국의 일에 귀 기울이고, 지켜보고 행동해야겠다는 생각을 들게 만드는 구절이다.

　용모도 힘이다. 선량하게 보이고, 여성과 낯선 사람들의 호감을 사기 때문이다.

　용모란 '사람의 얼굴과 신체의 모습 및 차림새'라고 되어 있다. 채용란에 용모 단정이란 말이 흔하게 쓰이기도 하는 걸 보면 용모를 사람들이 보긴 보는 모양이다. 요즘 흔하게 하는 말 중에 '패션의 완성은 얼굴'이라는 말이 있다. 남녀 가리지 않고 하는 말이다. 공항 패션, 시상식 패션 등 누가 입었다고 소문나는 옷, 신발, 장신구들은 매진사태가 벌어지고 유행으로 번진다. 사람들은 누구에게나 예쁘게 혹은 잘생기게 보이고 싶어 한다.

　예전에 면접에서 계속 떨어지는 사람이 성형하고는 합격했다는 글을 본 적이 있다. 그 사람은 똑같은 조건(성적, 경력 등)에서 자기보다 더 예쁘거나 잘생긴 사람들이 합격하는 걸 보고는 외모도 경쟁력이라는 말을 실감했다고 했다. 그런 사람들이 피부과를 다니고 성형외과를 드나들고 아니면 몸을 만들기 위해 헬스클럽을 다니기도 한다. 나는 그것이 그리 나쁘고 잘못됐다는 생각이 들지는 않는다. 용모란 것이 남에게 보이는 모습만 있는 것이 아니라, 자기 자신의 만족도 있을 수 있기 때문이란 생각이 들어서이다. 용모의 힘이란 생각보다 크다. 선량하게 보이기 때문에 더 많은 선행과 양보와 사랑을 받는다. 책에서는 남성의 시선으로 봤지만 사실 여성도 마찬가지다. 외모의 우수함은 교통사고 현장에서도 여실히 차이 난다는 이야기는 무수히 많다.

위에서 언급했던 것들 말고도 힘은 많은 사람이 자기를 사랑하게 하거나, 혹은 무서워하게 만드는 모든 성질과 평판, 훌륭한 성공, 분별력이 있다는 평판, 고귀함, 웅변, 과학적 지식, 축성이나 무기제조 기술 등에서도 있다고 했다. 과거 역사를 살펴보면 그런 인물들이 떠오르기도 할 것이다.

나는 그렇다면 어떤 힘을 가지고 싶은 것일까? 나는 내 주위 사람들이 나를 보면 좋아하고 행복해지게 하는 힘을 가지고 싶다. 내 주위 사람들이 행복해졌으면 좋겠다는 꿈이 있기 때문이다. 아직 구체적인 행동이 부족하긴 하지만 내가 할 수 있는 선에서 많은 사람을 만나고, 웃게 하고 기분 좋게 할 수 있는 사람이 되도록, 지금보다 더 노력하겠다.

힘이란 있으면 좋겠지만 없어도 사실 사는 데 큰 불편함을 없을 것이다. 힘을 가지려고 아등바등 사는 것보단, 가지고 있는 나의 능력과 기본 성향만 가지고도 행복한 세상을 살 수 있다는 것을 보여주고 싶기도 하다. 세상은 이루는 다수는 힘없는 보통 사람들이니까.

갇힌 교육의 무서움

경모궁은 나신지 백 일 만에 탄생하신 집복헌을 떠나,
보모에게만 맡겨져, 오래 비었던 저승전(儲承殿)이라 하는
큰 전각(殿閣)으로 옮기시니라.(중략)
저승전은 영조께서 거처하신 곳이나 생모이신 선희궁이
거처하신 장경궁 집복헌과는 모두 멀리 떨어져 있느니라.

– 혜경궁 홍씨, **한중록**

조선시대 양반이란?

　'신분'이라기보다는 동반, 서반의 '관직'에서 비롯된 말로 이를 합하여 부르는 말이다.

　현대에도 이러한 조선의 양반과 같은 신분제가 존재하는가? 분명 보이지 않는 신분이 존재한다고 생각한다.

　최근 연이어 재벌들의 갑질 행각이 언론에 보도되고 있다. 소위 상위층 사람들, 배울 만큼 배웠다는 사람들이 행했다고는 믿기 어려운 사건·사고가 너무나 많다.

　좋은 환경에서 교육받고, 유명한 대학을 졸업하고, 선진문물을 배우고 깨치기 위해 해외 유학까지 다녀왔다는 그들에게서 왜 품격이라고는 찾아볼 수 없는 걸까?

　현대의 학교라는 교육기관이 조선시대의 서당에 해당 될 것이다. 옛 서당의 모습을 그린 그림들을 찾아보았다.

　옷을 정갈하게 차려입고 종이에 글자를 적는 친구들도 있고, 허름

한 옷차림에 모래판 위에 글자 연습을 하는 친구도 눈에 띄고, 종이 위에 낙서하는 친구, 훈장님께 회초리 맞는 친구 등…. 현대의 학교 모습과 별 다를 바 없어 보인다.

지금의 초등학교에 해당하는 서당과 중, 고등학교인 사부학당을 거쳐, 엊그제 치러진 수능시험에 해당하는 소과에 합격하면, 조선시대 유일한 대학인 성균관에 입학, 그리고 고시합격쯤 되는 대과에 합격해야 양반이란 관직의 자리에 오를 수 있었다. 불합격 시 합격할 때까지 유급이라니 합격할 때까지 계속 다녀야 한다.

전국 응시자 중 소과합격 340명, 대과합격 34명 이라 하니 조선시대의 양반직과 현대의 고위직 비율 공식이 딱 맞아떨어진다.

'소과합격 + 대과합격 = 양반직'

'대학 졸업 + 고시 합격 = 고위직'

조선시대는 유교를 근본으로 하는 사회였으므로 유교 경전이 교과서였다. 유교 경전은 한자로 되어 있으니 어려운 한자 공부는 물론이거니와 농사일로 시간이 턱없이 부족했을 것이고, 책과 종이를 비롯해 먹, 벼루 등을 살 수 있어야 교육을 받을 수 있었으므로, 사실상 일반 백성들은 교육을 받을 수 없는 교육제도였다. 그래서 양반의 자녀가 또 양반으로 대물림될 수밖에 없는 구조였다.

오늘날의 교육도 시간과 돈 그리고 정보력이 질 높은 교육을 받을 수 있는 조건인 것처럼 말이다.

어떻게 먹고 사느냐가 중요한 것이 아니라, 어떻게 유교를 받들고 사느냐가 중요했던 시대에 특권을 누렸던 조선의 양반들, 이들은 어떤 생각으로 나라를 다스렸을까?

서양의 여러 나라가 대항해 시대를 열 때, 조선은 대륙 간의 교류는 커녕 예법만 따지고 오로지 성리학에 빠져 명분 싸움만 하고 있었다. 인재들이 그 능력을 펼치지 못하고 당파 싸움의 물결에 이리저리 휩쓸려야 했던 불운의 시대였다.

왕의 아들로 태어났으나 뒤주에 갇혀 죽은 사도세자 이야기를 혜경궁 홍씨는『한중록』을 통해 다른 관점에서 보게 한다. 최고의 금수저로 태어난 아이도 비교육적인 환경에서는 제대로 성장하지 못하고 비극적인 참사로 생을 마감할 수 있다는 이야기이다. 한중록은 자녀교육에서 부모의 역할이 얼마나 중요한지를 깨닫게 하는 책이다.

강한 호소력을 지닌 우아한 문장과 표현으로 문학적 가치를 크게 인정받고 있을 뿐 아니라, 18세기 후반의 정치적 상황이 상세하게 묘사되어 있어 역사적으로도 중요한 의미를 담고 있는 작품, 한중록(閑中錄)이라는 제목으로 알려졌다. 한가한 가운데 써 내려간 궁중 여인을 떠오르게 하는 제목이다.

'동생의 원한이 씻기기를 피눈물 흘리며 기원한다.'라고 끝맺고 있는 두 번째 글은 읍혈록(泣血錄)이라는 제목으로 혜경궁의 참담함을 표현했다. 또 다른 제목은 한중록(恨中錄)이다. 순조에게 동생과 부친의 억울함을 풀어 주십사 적은 글이라 한중록(恨中錄)으로 붙였다. 여기에 나는 부모교육의 교과서라는 타이틀을 하나 더 붙이고 싶다.

역사로서의 의미와 문학적 가치로만 읽어오던 책을 교육이란 관점에서 바라본 나의 한중록은 寒中錄 이다.

왕가의 교육환경은 일반인들이 근접할 수 없을 정도로 대단하고 특별한 것으로 생각했다. 고급 정보와 지식을 접할 다양한 기회가 많아질 높은 교육을 받을 것이라 여긴 것이다.

아기가 태어나자마자 엄마 품에 안겨 젖을 먹고 안 먹고의 차이로, 모유 수유의 성공률과 함께 엄마와의 원만한 유대관계가 결정된다는 보고가 있다. 유아기에 부모와의 관계가 자녀의 인격 형성에 미치는 영향에 대한 연구로, 어릴 때 부모와 올바른 애착 관계가 형성되지 않으면, 성장 후 정신적인 문제를 일으키는 경우가 많다고 한다.

사도세자의 유년기를 살펴보자.

경모궁은 나신지 백 일 만에 탄생하신 집복헌을 떠나, 보모에게만 맡겨져, 오래 비었던 저승전(儲承殿)이라 하는 큰 전각(殿閣)으로 옮기시니라.(중략) 저승전은 영조께서 거처하신 곳이나 생모이신 선희궁이 거처하신 창경궁 집복헌과는 모두 멀리 떨어져 있느니라.

경모궁은 부모와의 교감을 충분히 나누어야 할 시기인데도 불구하고 태어나 백일 만에 보모 손에 맡겨졌다. 부모와 한 공간에서 자란 것이 아니라 위치상으로도 멀찌감치 뚝 떨어져 있는 곳에서 자랐다. 동궐도를 보면 창덕궁과 창경궁 사이에 있는 동궁을 위한 교육기관, 즉 세자학교에 백일 된 아이를 맡겼다.

돌도 안 지난 아이를 24시간 어린이집에 맡겨놓고 부모는 남처럼 가끔 들여다본 것과 같은 모양새다. 그렇다면 그 어린이집 선생님 격인 보모는 어떠했는지 살펴보자.

맨 먼저 서럽고 애달픈 일 하나는 어린 아기를 저승 전에 멀리 두심이요,

둘은 괴이한 내인(內人)들을 들인 것이다.

보모 최 상궁은 성품이 과격하고 거칠고 조용하지 못하고, 한 상궁은 약삭빠르고 잘 속이고 시기심이 많다.

아이가 듣고 보고 말하는 모든 것들을 스펀지처럼 흡수하는 시기에 성품이 괴이한 보모들과 함께한 사도세자가 올곧게 자라기란 쉽지 않았을 것이다.

몬테소리 마피아라 불리는 구글의 창시자 래리 페이지와 세르게이 브린, 아마존닷컴의 창시자 제프 베조스, 이들이 현재의 자리에 있을 수 있는 공통점은 무엇일까?

이 세 명은 같은 유치원 졸업생이라고 한다. 이들이 성공한 비결을 궁금해 하는 사람들이 기자회견을 열었다고 해서, 영상을 찾아보니 이런 내용이 있었다.

"유치원에서 배운 대로 했을 뿐, 특별한 비결은 없습니다."

동영상 속 세르게이 브린은 너무나 당연하고 별일 아니라는 듯 대답했다. 그의 인터뷰 동영상을 반복해서 보면서 유아기 교육환경의 중요성을 또 한 번 느끼게 되었다.

혜경궁은 사도세자의 불행이 영조의 엄격함과 갇힌 교육의 결과라고 말한다. 늦게 얻은 아들을 빨리빨리 키우려고 했던 조급함이 더해져 하나뿐인 귀한 아들을 망쳤다는 것이다.

조급함과 갇힌 교육은 지금도 계속되고 있다. 해마다 입시 철이 되면 갇힌 교육의 무서움이 눈앞에 현실로 나타난다. 얼마 전 수능시험이 있었다. 수능 시험 날 저녁 뉴스는 온통 '불수능'으로 떠들썩했다. 시험이 쉬우면 '물수능', 어려우면 '불수능'이라고 표현한다는 것을 알았다. 수능 결과가 나오면 또 어떤 비극이 발생할지 알 수 없다.

이제는 갇힌 교육의 지식습득보다는 마음의 습관이 중요하다. 4차 혁명 시대에 뭘 해야 할지, 어떤 일을 하고 살지는 아직 모른다. 부모가 받아왔던 교육을 주입할 것이 아니라, 아이들 스스로 찾아서 할 수 있게 인내심을 가져야 한다. 어른이 아이의 문제 해결사가 되어서는 곤란하다. 그렇다고 해서 영조처럼 가르침 없이, 가만히 내버려 두었다가 어느 날 불쑥 확인하고, 비난하는 유치하고 대책 없는 어른이 되어서도 안 된다.

어린 아이가 걷다가 넘어질 때, 부모의 행동은 두 가지다. 빨리 달려가서 일으켜 주거나, 일어날 수 있어, 힘내! 하며 옆에서 응원하고 힘을 주거나. 둘 다 나쁘지 않다. 어느 편이 더 좋은가는 그때그때의 상황에 따라 다를 수 있으니까.

가장 나쁜 것은 아이를 데리고 밖으로 나가 걷게 하지도 않고, 어느 날 갑자기 걸음도 못 걷는다고 야단치는 어리석은 행동이다. 영조가 그랬다고 혜경궁은 안타까워하며 한중록에 남겼다.

혜경궁 홍씨에게
영향을 미친 사람들

그 사람의 성품이 여편네 중에서도 남 이기려는 마음과 시시, 시샘, 권세 좋아하는 것이 유별하여, 온갖 일이 다 여기서 나니라. (……) 세손을 손바닥에 넣어 한시라도 마음에 마음대로 못 하게 하고, 내가 세손 어미인 게 미워 제가 어미 노릇을 하려 하니라. 또 나는 장래 대비 되고 저는 못 될 일을 시기하여, 백 가지 이간과 천 가지 험담으로, 기어이 세손과 세손빈 사이를 물과 불의 관계로 만들어 놓고(중략)

- 혜경궁 홍씨, **한중록**

한중록은 어떤 책일까?

혜경궁 홍씨의 자전적 실화 내용으로 정치적 전쟁터와 같은 궁중 생활 70년사를 개인적 관점으로 서술한 책이다. 혜경궁 홍씨의 주변 인물들에 대해 살펴보고 시간과 공간은 다르지만 나에게 삶의 방향을 잡아 주는 부분을 찾고자 한다.

조카 홍수영의 청으로 쓰기 시작하여, 네 번에 걸쳐 완성한 책이다. 첫 번째는 한가로운 마음에서 쓰기 시작했으나, 나머지는 아들 정조가 죽은 직후 쓴 것으로, 쓴 이유는 친정 집안의 명예회복을 위함이다. 사도세자를 죽이고 정조의 왕위 등극을 방해한 이유로 몰락한 친정의 옹호 내용이다. 사도세자의 죽임이 정신병으로 인한 어쩔 수 없는 영조의 선택이지, 친정 가문과 관계가 없다는 내용이다. 어린 왕 순조에게 몰락한 친정 집안을 세워 줄 것을, 아버지 정조가 약속했다고 언급하고 있다.

혜경궁 홍씨는 누구인가?

혜경궁 홍씨는 노론의 명문가 출신으로 부친은 홍봉한이다. 10세에 궁중에 들어가서 28세에 남편인 사도세자가 아버지 영조에 의해 죽임을 당하는 사건을 겪었다. 아들을 잘 보호하여 조선 22대 임금 정조의 자리에 오르나, 정조는 아버지 사도세자의 죽음을 외가의 탓이라 여겨, 혜경궁 홍씨의 친정에 정치적 보복을 하였다. 그 후 정조의 갑작스러운 죽음으로 나이 어린 순조가 왕위에 오르나, 정적인 정순왕후가 실권을 가지고 혜경궁 홍씨의 동생을 죽게 한다. 이러한 정치적 실권을 놓고 친정의 많은 인척이 죽거나 유배를 당한 아픔을 겪는다. 정신병 남편의 죽음을 바라보아야 했고, 권력의 전쟁터에서 아들을 지키기 위해 숨죽이고 참으며 보낸, 인고의 70년 궁궐에서의 세월을 견딘, 한 많은 여인이라는 시각과 친정의 권력을 위해 남편의 죽음을 못 본체한, 권력 중심적 여인이라는 시각도 있다. 혜경궁 홍씨는 사도세자를 경모궁이라고 부른다.

경모궁께서 자질이 비상하시고 학문이 높은 경지에 이르시니, 그 기상 그 기품이 어이 더 진보하시지 않으리오.
그런데 당신의 거룩한 바탕으로도 어찌할 수 없는 병세가 1752년과 1753년 사이부터 드러났으니, 내 한없는 근심은 물론 우리 부모님의 초조함이 어떠하리오.

사도세자와 혜경궁 홍씨는 동갑인 부부이다. 영조는 처음 얻은 아들 효장 세자를 병으로 잃었다. 7년 뒤, 영조 42세에 사도세자를 얻었다. 그는 영조의 유일한 아들로, 왕위 계승자였다.

사도세자와 혜경궁 홍씨 관계는 어땠을까? 15세에 관례를 치른 다음, 16세에 의손 세자를 낳고, 19세에 정조를 낳고, 20세인 1754년 청연군주, 22세인 1756년 청선군주를 낳았다.

사도세자에게는 순빈 임 씨와 2남, 경빈 박 씨와 1남 1녀를 두어, 정실과 후궁 사이에 5남 3녀가 있었다. 경빈 박 씨 외 (빙애라는 이름 으로 사도 세자에게 맞아 죽었다) 후궁이 두 명이나 있었으나 혜경궁 홍씨가 낳은 자녀가 4명인 것으로 보아, 결혼 초반에는 크게 갈등이 없었던 것으로 보인다. 혜경궁 홍씨는 노론의 핵심 세력인 홍봉인 집안의 딸이었기에, 소론과 남인에게 호의적인 태도였던 사도 세자 와는 부부의 마음이 달라서 갈등이 있었을 것으로 예상된다.

사도세자가 영조의 부름을 받고 나가기 직전, 혜경궁 홍씨에게 한 말이다

"자네 아무래도 무섭고 흉한 사람일세, 자네 세손 데리고 오래 살려고, 내가 오늘 나가 죽게 되었기에 꺼림직하여, (중략)"

이 말로 볼 때 사도세자의 절박한 상황과 달리 혜경궁 홍씨는 남편을 보호하지 않은 듯하다. 부부 사이가 비정상적이면서 비정한 사람으로 보인다. 이는 두 가지의 이유라고 생각된다.

첫째는 혜경궁 홍씨의 입장에서 사도세자가 정신병이 있어 정권을 가지지 못하기 때문에 그의 아들에게 왕권을 넘기기 위해서는 남편이 없어야 한다고 생각했을 것이다.

둘째는 자신의 노론파 친정의 정치적 색깔과 반대되는 남편이기

때문에 남편보다 친정의 편을 든 것으로 보인다. 혜경궁 홍씨의 아버지는 권력의 핵심자리에서 사위의 죽음을 바라보고만 있었다는 점도 혜경궁 홍씨를 두고 냉정하고 권력 지향적인 정치인이라고 바라보는 시각을 뒷받침한다.

사도세자를 죽음으로 몰고 간 여러 가지 이유가 있지만, 이 책에서는 정신병을 이유로 들고 있다. 이 내용은 한중록뿐 아니라 사도세자를 폐하는 이유를 영조가 직접 써서 전국에 반포한 글에도, 세자가 백여 명을 살해했다고 밝히고 있다. 그러나 사도세자가 처음부터 정신적인 문제가 있었던 것은 아니다.

"여덟 살 때인 1736년 3월에 성균관 입학례를 올리시니, 당시 경모궁의 거룩한 자질에 탄복하지 않은 이 없다 하더라."

한중록 내용으로 살펴볼 때 사도세자의 병증이 10세 이후에 나타났는데, 그 원인으로 동궁의 내인들이 영조의 이복형인 경종과 어대비의 내인에게 아기 사도세자를 맡긴 것을 원인으로 찾고 있다. 영조가 왕위를 가지고자 경종을 독살했다는 의심을 벗고자, 경종을 모시던 내인에게 자신의 아들을 맡김으로 본인이 떳떳함을 보이고자 했는데, 영조에 대한 반감을 품은 내인들의 손에 양육된 사도세자는, 아버지 영조와 관계가 나빠질 수밖에 없었다. 사소한 세자의 잘못도 영조에게 이야기해서 둘 사이를 이간질하였기 때문이다. 영조의 자녀들이 어린 나이에 사망을 많이 한 것도, 경종 나인들의 영조에 대한 복수라는 이야기가 있을 정도이다. 게다가 15세에 시작된 수렴청정도 부자지간을 갈라놓은 결과를 만든다. 자신을 임금으로 세운 노론의 눈치를 살피는 영조와 달리, 노론의 눈치를 보지 않는 사도세자의 모습이 노론은 보기 싫었을 것이고, 아버지 영조와 의견충돌도 당연히 많았을 것이다. 영조는 본인의 뜻에 맞지 않을 때는 거침없이 윽박지르고 야단치기를 자주 해서, 아들과 관계가 나빠지고, 그 원인으로 마음의 병이 깊어졌다고 이야기한다.

결국은 아버지의 정치적 야망이 똑똑하고 반듯한 아들을 자신의 손으로 죽이는 희대의 비극을 만들었다. 자신의 비천한 출신을 극복하기 위해서 영조가 스스로 택한 길이 공부였다. 훌륭한 임금의 자질을 가지려고 끊임없이 노력하고 애쓴 부분은 역사적으로 훌륭하나, 아버지로서는 점수를 줄 수가 없다.

영조는 조선 21대 왕으로, 사도세자의 아버지, 혜경궁 홍씨의 시아버지, 정조의 할아버지이다.

혜경궁과 영조의 관계는 어떠했을까? 사도세자의 죽음 후 영조와 만남의 자리에서 나눈 대화를 보면 알 수 있다.

"저희 모자 보전함이 다 성은이 올소이다." 하고 흐느끼며 아뢰었더니, 영조께서 손을 잡고 우시며 "너 이러할 줄 내 생각지 못하고, 내 너 볼 마음이 어렵더니, 내 마음을 펴게 하니 아름답다."하시니라.(중략) 이어 아뢰기를 "세손을 경희궁으로 데려가 가르치시길 바라옵니다. 하니(중략)"

시아버지 영조와 며느리의 관계는 혜경궁 홍씨가 자신과 아들을 위해 시아버지를 안심시키려고 노력하였음을 알 수 있다. 아들의 양육권을 시아버지 영조에게 줌으로써 신임을 얻고, 혜경궁이라는 당호를 받고, 궁에서 살도록 허락도 받았다.

며느리에게 미안함이 있으나 표현을 못 한 영조에게 먼저 다가가서 자신의 마음을 표현하고, 시아버지의 마음에 들 언행을 하였다. 아들과 자신의 안전을 위한 최선의 선택이었다.

정조는 조선 22대 왕으로 아버지는 사도세자이고, 어머니는 혜경궁 홍씨로 모자지간이었지만, 정조가 효장세자의 양자로 입적되었기 때문에 법적으로는 남이 된다. 하지만 자신의 어머니를 극진히 대한 효자 아들이었다. 혜경궁은 아들 정조의 효성을 기록으로 남겼다.

내 그 일을 겪고 병이 자주 나, 떨어져 지내는 삼 년 동안 병이 낫질 않으니, 세손 홀로 의관과 증세를 논하여 약을 지어 보내기를 어른같이 하시니라. 세손이 천성이 효자라 그러하려니와 (중략)

정조께서 천성이 효성스러우신데, 요 몇 년 사이에 효도가 더욱 지극하시어, 날 섬기기는 날로 더 잘하시고, 그래도 부족한 듯이 하시니라.(중략)

정조께서 비록 나라를 위하여 왕위에 오르긴 하시나, 죽도록 잊지 못할 큰 고통을 품으셔 경모궁 추모하심이 해가 갈수록 깊으시니라. 정조께서 즉위 후 창경궁 옆에다 경모궁 사당을 세우시고, 날마다 경모궁을 바라보겠다는 뜻에서 일첨문을 두시고, 경모궁 참배를 쉬하기 위해 창경궁 북동쪽 담장을 헐어, 월근문을 세우시니라.

정조는 어머니에 대한 효성보다는 아버지에 대한 효성이 더 컸던 것으로 보인다.

왕위에 오른 직후 아버지 사도세자를 죽게 한 홍인한을 비롯한 외가 일족과 간신들을 처벌한다. 정조의 이러한 행동에는 아버지의 죽음에 대한 복수도 있겠으나, 영조가 자신에게 왕위를 물려주기 위해 아버지를 죽게 만들었다고 생각할 수도 있다. 그 부분의 미안한 마음이 컸으리라 생각된다.

혜경궁은 화완옹주 정처에 대한 미움을 여러 곳에서 기록을 남기고 있다.

그 사람의 성품이 여편네 중에서도 남 이기려는 마음과 시시, 시샘, 권세 좋아하는 것이 유별하여, 온갖 일이 다 여기서 나니라. (......)

세손을 손바닥에 넣어 한시라도 마음에 마음대로 못 하게 하고, 내가 세손 어미인 게 미워 제가 어미 노릇을 하려 하니라. 또 나는 장래 대비 되고 저는 못 될 일을 시기하여, 백 가지 이간과 천 가지 험담으로, 기어이 세손과 세손빈 사이를 물과 불의 관계로 만들어 놓고(중략)

화완옹주는 사도세자의 친여동생, 혜경궁 홍씨의 시누이로 영빈 이 씨의 소생이다. 영조는 영빈 이 씨의 소생인 사도세자의 누나, 화평 옹주를 무척 사랑하고 아꼈으나 출산을 하다 죽었다. 그 후에 10살이던 화완옹주에게 사랑을 쏟았다. 시집을 갔으나 어린 딸과 남편을 잃고 23세에 과부가 되었고, 이를 불쌍히 여긴 영조가 궁에서 살도록 했다. 아버지의 사랑을 등에 업고 여러 악행을 했기에 정조가 등극하자마자, 화완옹주의 양자인 정후겸은 사형을 시키고, 화완옹주는 옹주의 신분을 박탈하고 서울 밖으로 보낸다. 신분이 서인으로 강등되었기 때문에 임금의 고모나 정처라고 부르게 된다. 23년이 지나고 나서 석방이 되고 오랜 귀향에서 풀려나지만, 옹주의 신분은 회복하지 못한 것으로 보인다.

정조의 고모였으나 정조에게 무척이나 집착하였고, 조카며느리인 세손빈에게 시어머니 노릇까지 하였다. 정조는 물론 혜경궁 홍씨를 불편하게 하고 힘들게 한 것으로 보인다.

아버지의 후광을 업고 자신의 권세를 과시하고 싶었을 것이고 다음 세대 임금이 될 정조에게 영향력을 끼치고 싶었을 것이다.

이런 모습을 보이는 정처가 혜경궁에게는 무척 싫은 대상이었다. 불편하고 싫은 사람과 한 궁궐에서 살면서 사사건건 부딪혀야 했으니 더욱더 힘들었을 것이다.

혜경궁은 친정에서 데리고 온 종들에 대한 기록도 남겼다.

아지는 인물이 순박하고 충성스러워, 병으로 불편한 몸을 이끌고도 여러 차례 내 출산에 시중을 드니라.(중략)

그 공이 적지 아니하니, 주상이 공을 표창하여 제 자손을 관청에서 일하게 하여 후한 녹봉을 받게 하시고, 저를 후히 대하셔 천한 몸에 당치 못할 은혜와 영광을 많이 주시니라.

복례는 어려서부터 나를 데리고 다니며 내 곁을 떠나지 않으니,(중략) 제 미천한 것이로되 정성이 물불을 가리지 않으니, 내 궁중에 들어온 후 고난이 천 가지 만 가지로되 이 어려움을 함께 지내니라.

혜경궁 홍씨가 온갖 정치적 모략과 싸움이 난무하는 궁중에서 70년을 살면서 가장 의지하고 힘이 되어준 사람이 바로 유모인 아지와 충복인 복례였을 것이다. 10세에 궁에 들어와 세자빈으로 삶을 시작할 때는 기대와 설렘이 있었을 것이다. 그러나 남편 사도세자의 정신 병증이 도져서 자살 시도와 살인까지 하게 되었을 때, 그 두려움이 얼마나 컸을까? 아들을 지키려고 얼마나 애를 쓰고 힘든 시간을 버티며 참았을까? 아들이 임금이 되었지만, 정적으로 작은아버지는 죽임을 당하고, 친정이 몰락함을 지켜보아야 했고, 남동생의 죽음도 감당해야만 했다. 그 과정마다 이들은 힘이 되어주고 든든히 지켜주었다. 또한 친정을 오가며 소식을 전해주어, 혜경궁 홍씨의 심리적 안정을 도모했으리라 생각된다. 특히 복례는 정조가 상궁으로 만들어 주었다. 어머니를 잘 모신 보답으로 선례가 없이 사가에서 데리고 온 종을 상궁의 위치까지 올린 것은 그 모진 시간을 어머니 곁에서 든든히 지켜준 상이라고 생각된다.

그동안 궁중이란 곳을 막연하게 좋은 곳으로만 생각하고 있었다. 좋은 환경과 고급 음식, 멋진 옷을 입고 한가로이 노니는 장면을 상상했던 나에게, 이 책은 그런 생각이 틀렸다는 것을 확실히 알게 해주었다.

왕위를 노리는 사람들은 권력을 위해 상대방을 죽이는 것도 마다하지 않는 곳이며, 그 권력을 유지하기 위해서 끊임없이 정적을 없애고, 심지어는 자손이라 할지라도 자신의 왕권에 도전할 가능성만 보여도, 바로 죽음으로 뿌리를 뽑는 살벌하고 냉정한 곳이다. 왕실의 남자로 태어나는 것 또한 반드시 축복된 일은 아닌 것을 알았다.

자신이 왕위에 가까이 있을수록 생명의 위협을 늘 느끼며 살았을 것이다.

이 책을 보면서 다시금 기록의 중요성을 느낀다. 글을 쓴 목적도 있겠지만 이 글을 통해 조선시대 궁중 여인의 삶과 한을 느낄 수 있었고, 권력을 가지기 위해 죽음도 불사하는 권력 지향적인 사람들이 모인 궁궐의 생활을 볼 수 있었다. 나에게는 새로운 경험이었다.

사극을 좋아하지 않아서 드라마나 영화에서 접하지 못한 궁중에서의 이야기를 활자를 통해 보면서 〈사도〉라는 영화를 보아야겠다는 마음이 든다.

모든 기록이 주관적이고 기록자의 시각에서 쓰였다는 단점이 있지만, 그래도 한중록을 통해서 궁중에서 여인으로 살아감이 한가로운 생활이 아님을 알게 되었고, 왕족으로 살아감이 얼마나 아슬아슬한 삶의 연속인지 알게 되었다.

지배하지 않고
지배받지 않는 인간관계

분노란 커뮤니케이션의 한 형태고 아울러 화내지 않는 커뮤니케이션도 가능하다는 사실이네. 우리는 분노를 표출하지 않고도 의사소통을 할 수 있고 나를 받아들이게 할 수 있네.

- 기시미 이치로, **미움 받을 용기**

오십을 목전에 둔 지금까지 가장 행복한 한 순간을 꼽으라면 단연 자식이 태어난 순간이라고 말하고 싶다. 너무나 강렬한 순간이 지나고 아기를 사랑으로 키우며 힘든 순간도 힘든지 모르고 기쁨으로 자녀를 양육했다. 그러나 어느 순간 자녀와 엄마인 나 두 사람의 관계가 틀어지기 시작하고 힘든 순간들이 찾아왔다. 사춘기가 시작된 것이다. 아니 사춘기가 시작되기 이전부터 자녀와의 관계에 문제가 생기기 시작했다.

　인생을 먼저 산 어른으로서 너는 이렇게 하는 것이 좋겠다고 생각하고 자식의 공부를 위해 노심초사했었다. 공부에 방해가 되는 것은 하지 못하게 하고, 하루 중 많은 시간을 학습의 노동에 시달리게 했다. 그 후유증은 곧 나타났다. 원래 게임을 좋아하긴 했지만 못하게 한 것 때문에 더욱 집착하게 되고 게임 때문에 다툼이 잦았다. 세상에서 가장 사랑하는 자식과의 관계가 소원해지고 서로의 마음에 상처를 내기도 하면서 행복하지 않은 시간을 보내게 되었다. 그러다가

『미움받을 용기』라는 책을 만났다.

인간관계에서 인간의 고민이 비롯된다고 한 아들러는 다음과 같은 말들로 나 자신을 돌아보게 하였다.

인간은 누구나 달라. 그 '차이'를 선악이나 우열과 엮으면 안 된다는 걸세. 어떤 차이가 있든 우리는 대등하니까. (중략)
인간관계의 중심에 '경쟁'이 있으면 인간은 영영 인간관계에 대한 고민에서 벗어나지 못하고, 불행에서 벗어날 수가 없어.

자녀의 공부와 관련하여 경쟁이 끼어들면서 다른 학생들과 비교하게 되고, 동작이 늦고 책상에 앉아 있지 못하는 아들이 성에 차지 않았나 보다. 빨리 공부를 끝내야 하는데 도통 마무리가 안 되는 것을 보면서 얼마나 잔소리를 했었는지…. 그러다 어느 순간 자녀의 공부가 나의 공부인 양, 과제 분리가 안된 채 이래라저래라 간섭을 했었다. 얼마나 성급한 초보 엄마였던지 잔소리하고, 시키면 잘할 것이라고 생각을 했었나 보다. 부모가 시키는 것은 당연하고, 잔소리하고 통제하는 것은 자녀를 위한 것이니 당연히 자녀는 따라야 한다고 생각한 것이다. 얼마나 갑갑하고 힘들었을까?

아들러는 '공감'은 타인에게 다가가는 기술이자 태도라고 하며 아무리 저속한 놀이일지라도 함께 어울려 놀아보고 아이들이 한 인간으로서 '존경'받고 있다는 것을 실감할 수 있도록 하라고 했다. 내가 자녀가 좋아하는 게임에 대해 알아보고, 게임에 대해 질문도 하고 같이 대화를 했다면 좀 더 소통이 쉬웠을 것이다. 왜 공부를 안 하고 놀고 있냐고 다그치기보다는 학교에서 학원에서 공부하느라 힘든 마음에 공감하며 좀 더 따뜻하게 위로해주고, 스트레스를 푸는 방법을 함께 고민했다면 아들과의 관계가 그렇게 어렵지 않았을 것이다.

아들러는 다음과 같이 충고한다.

한 인간이기에 최대 수준의 존경을 표하지 않으면 안 되네.

아래로 보지 말고, 우러러 보지도 말고, 잘 보이려고 하지도 말고, 대등한 존재로 대하는 걸세. 아이들의 흥미와 관심에 공감하면서.

상대가 싸움을 걸어오면, 그리고 그것이 권력투쟁이라는 것을 알아 차렸다면 서둘러 싸움에서 물러나게.

분노란 커뮤니케이션의 한 형태고 아울러 화내지 않는 커뮤니케이션도 가능하다는 사실이네. 우리는 분노를 표출하지 않고도 의사소통을 할 수 있고, 나를 받아들이게 할 수 있네.

아무리 어려워 보이는 관계일지라도 마주하는 것을 회피하고 뒤로 미뤄서는 안 돼. 가장 해서는 안 되는 것이 이 상황, '이대로'에 멈춰 서 있는 것이라네.

아들에 대한 존경의 마음이 없었고, 아들의 흥미와 관심에 공감하지 않고 무조건 못하게 했으며, 자유를 속박했었다. 그러다 싸움을 걸어오며 권력투쟁 하는 아들과 싸움의 링에 올라 분노를 표출하며 이제는 간섭하지 않겠다고 선언했다. 아들과의 대화는 남편에게 전적으로 일임하면서 회피한 것이다. 회피의 기간이 지속되면서 관계는 더욱 소원해졌다.

그러다 아들러를 만나면서 나의 잘못을 뒤돌아보게 되었다. 그리고 이대로 멈춰서 있어서는 안 된다는 것을 알게 되어 다른 방향의 대화법으로 관계 개선의 노력을 하고 있으며 지금은 웃으며 대화하는 단계까지 나아갔다.

자녀와의 관계에서 자녀를 지배하지 않고 대등한 관계를 유지하며, 함부로 '개입'하지 않고 자립할 수 있도록 지원하려는 마음을 갖는 것이 중요하다.

자녀와의 관계를 타인으로 확대하면 타인을 지배하지 않고 대등한 관계를 유지하는 방법의 답이 될 것이다.

그러면 지배받지 않는 삶을 살기위해서는 어떻게 해야 할까?

아들러는 '인정욕구를 부정하라.' 그리고 '과제를 분리하라.'고 말한다.

자신의 삶에 대해 자네가 할 수 있는 것은 '자신이 믿는 최선의 길을 선택하는 것', 그 선택에 타인이 어떤 평가를 내리느냐 하는 것은 타인의 과제이고, 자네가 어떻게 할 수 없는 일일세.

자네는 타인의 시선에서 자유롭지 못하고 타인의 평가에 민감하지. 그래서 타인에게 인정을 받고자 혈안이 돼 있어.

타인이 나에 대해 어떤 평가를 내리든 마음에 두지 않고, 나를 싫어해도 두려워하지 않고, 인정받지 못한다는 대가를 지르지 않는 한 자신의 뜻대로 살 수 없어. 자유롭게 살 수 없지.

남의 시선으로부터 자유롭지 못하고, 인정을 받고자 노력하는 사람은 남으로부터 지배받는 상태에 놓여있는 것이다. 나에게 주어지는 나쁜 평가에 상처받고, 그들이 나를 인정해 주지 않는 것에 화를 내는 것은 나를 타인에 종속시키기 때문이다. 이 상태에서는 진정한 행복을 누릴 수는 없다.

아들러는 '인간관계에서 손을 내밀면 닿을 수 있되 상대의 영역에는 발을 들이지 않는 거리. 그런 적당한 거리를 유지하는 것이 중요하다.'고 말한다.

나를 그들로부터 해방시키자. 그들의 시선과 평가와 인정에서 벗어나자. 그들과 적당한 거리를 유지하며 내가 상처받지 않도록 나를 자립시키자.

『미움받을 용기』를 통해 알게 된 자녀와 공감 대화 방법을 정리해 보았다.

첫째, 자녀(타인)에게 다가가는 기술이자 태도는 공감이다.

타인의 눈으로 보고, 타인의 귀로 듣고, 타인의 마음으로 느끼는 것으로 만약 내가 이 학생이고 같은 마음 같은 인생이라고 느껴본다면 공감할 수 있게 된다.

자녀에게 다가가기 위해 다음과 같은 방법을 시도해 보자. 자녀의 관심사에 더 관심을 기울이고 아무리 저속한 놀이일지라도 함께 어울려 놀아보자. 그러면 아이들은 한 인간으로서 '존경'받고 있다는 것을 실감하고 마음을 열게 된다.

둘째, 자녀(타인)에게 일방적으로 개입하지 않고 적당한 거리에서 지원하자.

왜 공부를 안 해? 다그치듯 묻는 것은 존경이 전혀 없는 태도며 일방적 '개입'이다. 이것은 지시와 통제로 자녀를 누르는 것으로 자녀의 마음을 움직일 수 없다. 그리고 컬링부모처럼 자녀의 모든 문제를 부모가 다 제거해 주는 것은 자녀의 문제해결 능력을 키울 수 없다. 자녀의 자립을 위해 적당한 거리에서 지원하되 일방적으로 개입하고 지시하지 않는 것이 중요하다.

셋째, 특별하지 않아도 그 자체로 인정해 주고 사랑하자.

공부를 잘해서 더 사랑하는 것이 아니라 자신이 부모의 사랑을 받는 존재임을 인식하도록 한다. 그리고 공부에 스트레스를 많이 받는 경우에는 친구를 경쟁상대로 생각하지 않도록 하면 자녀의 마음을 편하게 할 수 있다. 그리고 한 개인의 자존감은 인격 형성에서 매우 중요한 요소다.

부모가 자녀와 공감하며 소통하고 적당한 거리에서 지원한다면 자녀는 '내 인생은 나 스스로 선택할 수 있다.'는 가장 중요한 사실을 배우게 될 것이고, 타인의 칭찬에 자신을 맡기지는 않는 자유로운 인간으로 성장할 것이다.

허영심을 부리고 싶은 책

400권 남짓한 책들. 선집이나 총서, 사전류가 아니고 보면, 한 책씩 사서는 꼬박 마지막 장까지 읽고 꽂아놓고 하여 채워진 책장은 한때 그에게는 모든 것이었다. 월간 잡지가 한 권도 끼지 않았다는 게 자랑이다. 그때그때, 입맛이 당긴 책을 사서 보면, 자연 그다음에 골라야 할 책이 알아지게 마련이다.

— 최인훈, **광장**

책 읽기 정확히는 인문고전을 읽기 시작한 지 벌써 3년째다. 매달 새로운 책을 접하는 즐거움은 해보지 않은 사람을 모를 즐거움이다. 처음에 마음먹기가 힘들어 그렇지 한번 발을 들이고 나니 이젠 발 빼기가 쉽지 않다. 첫해 무작정 시작해보자 했던 것이 3년을 이어올 수 있었던 것은 책을 좋아하는 것도 있었겠지만 책을 대하는 내 마음의 허영심도 한몫했음을 부인할 수가 없다. 신랑이 책을 참 좋아하는 사람이다. 장르를 가리지 않고 종교, 경제, 경영, 교육 등 책을 무지하게 읽는 사람이다. 아이를 낳고 기르는 12년 동안 힘들어서 시간이 없어서 등의 핑계로 책을 멀리했던 나를 조용히 소리 없이 이끌어 준 사람이기도 하다. 항상 책을 가까이하고 책상에는 책이 펼쳐져 있고 매달 10여 권의 책을 사는 남편이 대단해 보이던 날이었다. 부럽다 하면서 어려운 책인 것으로 보여 멀리했었던 나는 이제는 신랑이 사다 놨던 책들을 한 권씩 독파하고 있다. 나의 허영심을 채워 주고 있다. 둘이서 맥주를 나눠 마시면서 책 이야기를 나눌 때면 내가 조금 자라고 있음을 느끼기도 한다. 같은 책을 읽고 이야기를 나누는 것은 생각보다 얻는 것이 많다. 내가 생각지도 못했던 부분에서 큰 깨달음을 얻기도 하고 같은 부분에 줄을 그었던 곳도 사람에 따라 다르게 받아들이고 이해하는 부분들이 새롭고 신기했다. 책 한 권 겨우겨우 읽고 가면 책 전반에 대한 배경과 흐름을 짚어주시는 선생님이 계셔서 다음번 책 읽기가 훨씬 수월 해 진 것은 셀 수도 없이 많다.

책 읽기의 장점은 나보다는 아이들이 더 많이 느꼈으면 좋겠는데 아직 까지는 잘 모르는 것 같다. 그래도 주말에 도서관 가서 책 보고 싶다고 말을 하니 점점 더 좋아질 거라 믿고 싶다.

400권 남짓한 책들. 선집이나 총서, 사전류가 아니고 보면, 한 책씩 사서는 꼬박 마지막 장까지 읽고 꽂아놓고 하여 채워진 책장은 한때 그에게는 모든 것이었다. 월간 잡지가 한 권도 끼지 않았다는 게 자랑이다. 그때그때, 입맛이 당긴 책을 사서 보면, 자연 그다음에 골라야 할 책이 알아지게 마련이다. 벽한쪽을 절반쯤 차지하고 있는 이 책장을 보고 있으면, 그 책들을 사던 앞 뒷일이며, 그렇게 옮겨간 그의 마음의 나그넷길이, 임자인 그에게는 선히 떠오르는 것이고, 한 권 한 권은 그대로 고갯마루 말뚝이다.

책장을 대하면 흐뭇하고 든든한 것 같았다. 알몸뚱이를 감싸는 갑옷이나 혹은 살갗 같기도 하다. 한 권씩 늘어갈 적마다 몸속에 깨끗한 세포가 한 방씩 늘어가는 듯한, 자기와 책 사이에 걸친 살아있는 어울림을 몸으로 느낀 무렵이 있다.

최인훈 님의 『광장』이라는 소설의 한 부분이다. 이 부분을 읽는데 나를 보는 느낌이 들었다. 이 소설 주인공이 나인가 할 정도로 책을 대하는 모습이 낯설지가 않았다. 나를 조금 더 부드럽게 아니 순화해서 표현한 느낌이었다. 우리 집에는 아직 전집도 월간 잡지도 있다. 아이가 더 자라면 그런 전집들이나 월간 잡지는 자취를 감출 것이다. 그런 책들을 다 치우고 난 뒤 나는 명준이의 마음을 오로지 받아들일 수 있지 싶다.

누군가가 그런 말을 한 적이 있다. '책은 안 읽어도 집에 책 한두 권을 나둬야 된다. 누군가에게 보여주기 위해서 그런 말을 한 것인지 아니면 책을 당장 읽지는 않더라고 언젠가 마음이 내켜 읽고 싶을 때를 위해 미리 갖춰 두자는 것인지는 모르겠다. 그런데도 그냥 고개가 끄덕여지는 말이다. 연예인이었던 걸로 기억하는데 저렇게 대 놓고 보여주기 식이라고 말하는 사람이 밉지가 않았다. 왜냐면 내가 그런 사람이기 때문이다. 사람들이 우리 집에 놀러 와서 책장에 꽂힌 책들을 보며 '저런 책도 봐요?', '우와 이 집에 책 진짜 많네.' 이런 말들 들으면 괜히 우쭐해지고 기분 좋아지니 말이다.

같은 책을 읽고 있는 직장 동료를 보면 괜히 반갑고 한 마디라도 해주고 있는 나의 모습이 싫지가 않다. 누가 본다면 오지랖이 넓다고 욕할 수도 있지만 그런 것 정도에 흔들리지 않는다.

우리집 책장엔 아직도 내가 손도 대지 못 한 책들이 200여권 넘게 있다. 그 중 많은 책들이 종교 관련 책들이라 덤벼들기 무섭기도 하지만 그 책들 중 그나마 내가 시도해 볼 수 있는 책들도 제법 있다. 내년에 인문고전 책 선정 할 때 그 중 몇 권을 추천해 볼 생각이다.

그리고도 못 본 책들은 조금씩 도전해 봐야겠다.

처음엔 뭐라도 읽어보자 하고 시작했던 인문고전 읽기는 이제는 내 삶의 큰 부분을 차지하고 있다. 친구들에게 책을 추천하는 것이 부담스럽지 않고 모임이 겹치게 되면 날짜 조정도 하게 된다. 옆에 있는 사람들에게 자꾸자꾸 알려야 한다. 그래야지 내가 지치거나 매너리즘에 빠졌을 때 옆의 친구들이 나에게 힘이 되 줄 거라 믿는다.

독서 모임 날은 당연히 가는 것을 받아들이고 있는 아이들과 남편이 고맙고 또 감사하다. 그런 의미로 내년에도 잘 부탁한다고 말하고 싶다.

인간의 반열에 오른
가축, 개

야생 동식물 중에서 인간이 먹을 수 있고, 사냥 또는 채집할 가치가 있는 종은 소수에 불과하다. 나머지 종은 음식으로 쓸모가 없다. 소화가 안 되거나(나무껍질), 독이 있거나(독버섯), 영양가가 낮거나(해파리), 까서 먹기가 따분하거나(아주 작은 견과류), 채집하기 어렵거나(대부분의 유충), 사냥하기에 위험한 경우(코뿔소)등이다.

– 재러드 다이아몬드, **총 균 쇠**

여기서 D는 반려견이다. '펫보험은 필수...반려동물 인구 1500만 시대'라는 제목의 인터넷 신문 기사에서 발췌한 글이다. 각 보험사에서는 반려견 보험 상품을 앞 다투어 출시하고 있고, 반려견이 죽으면 장례식장에서 마치 사람처럼 장례를 치르고, 유골함을 안치소에 보관할 뿐 아니라 매년 기일까지 챙긴다고 한다. 내 주변에는 지인의 개 장례식에 참석했다는 사람도 있다.

2018년 3월 21일부터 동물의 복지를 개선하는 동물보호법이 일부 개정, 시행되고 있다. 동물을 죽음에 이르게 하는 행위, 신체적 고통을 주는 행위, 판매하거나 죽일 목적으로 포획하는 행위, 상습적으로 학대하는 행위, 유기하는 행위, 도박에 이용하는 행위, 영리를 목적으로 대여하는 행위를 할 경우 징역 또는 벌금형을 받는다는 내용이다. 이와 함께 반려견 보호자의 의무도 강화되었다. 반려견을 등록하지 않거나, 인식표나 안전조치를 하지 않는 경우, 배설물을 수거하지 않는 보호자도 처벌 대상이 된다.

국회에는 '축산법의 가축에서 개를 제외하자.'는 국회의원들의 법안이 발의되어 있다. 청와대 국민청원홈페이지에는 '개를 가축에서 제외해 달라.'는 청원이 쇄도하고 있고, 이 청원에 동의한 인구가 20만을 넘었다. 이에 청와대는 2018년 8월 10일, 개식용 문제를 점진적으로 해결하겠다는 공식적인 답변을 내놓았다. (2018. 8. 10. 애니멀 피플 기사 중 일부 발췌)

어릴 때 읽은 개와 고양이 이야기가 생각난다.

옛날 어느 집에 개와 고양이가 할아버지, 할머니와 함께 살았다. 가난했던 집이 어찌어찌해서 푸른 구슬을 얻어서 부자가 된다. 그런데 강 건너 이웃 마을의 욕심쟁이 할머니에게 구슬을 빼앗기고 다시 가난해진다. 주인의 슬픈 마음을 그냥 볼 수 없었던 개와 고양이는 힘을 합쳐 강 건너 이웃마을로 가서 구슬을 되찾는다. 그리고 다시 강을 건너게 되는데, 개는 수영을 못하는 고양이를 등에 업었고, 고양이는 되찾은 푸른 구슬을 입에 물었다. 강 가운데 쯤 왔을 때 개는 고양이가 구슬을 잘 간수 하고 있는지 궁금해서 묻는다. 구슬을 입에 문 고양이는 대답을 못하고, 개는 계속 묻다가 나중에는 화를 낸다. 이에 발끈한 고양이가 대답을 하는 바람에 구슬을 강에 빠뜨리게 된다. 개는 구슬을 포기하고 집으로 돌아가지만, 고양이는 차마 집으로 가지 못하고 여러 날 동안 강가를 헤매다가, 어부들이 던져 주는 물고기 뱃속에서 구슬을 찾아 집으로 돌아온다.

이 때 부터 주인 할아버지와 할머니는 고양이는 집안에서 지내게 하고, 개는 마당 구석에서 지내게 한다. 개는 늘 고양이를 부러워하고, 시기하고, 질투하면서 주인에게 더 잘 보이려고 애를 쓰지만 고양이에게 밀린다. 반면 고양이는 주인에게 별로 신경 쓰지 않고 하는 일도 없는 것 같은데 안방을 마음대로 드나들고 주인 옆에서 잠도 잔다. 사람들과 가장 가까운 가축, 개와 고양이의 사이가 나빠진 이유를 풀어내는 동화이다.

어릴 때 고양이의 노려보는 눈과 날카로운 이빨, 발톱이 무서웠던 나는 집을 지켜주는 개가 더 대접을 잘 받아야 한다고 생각했다. 고양이는 자유롭게 돌아다니는데, 개는 줄에 매여서 집을 지키는 것이 불쌍해보였다.

그런데 이제 개의 오래된 한이 풀리나보다. 이제 더 이상 가축이 아니라 사람처럼, 아니 사람보다 더 귀한 대접을 받게 되었으니 말이다.

개와 고양이가 이렇게 다른 대접을 받게 된 원인을 재레드 다이아몬드의 저서 『총, 균, 쇠』에서 발견할 수 있다.

인간은 고기, 알, 깃털 등을 얻기 위해서 많은 조류를 가축화했다. 중국에서는 닭, 유라시아의 여러 지역에서는 오리나 거위류, 중앙아메리카 에서는 칠면조, 아프리카에서는 뿔닭, 남아메리카에서는 사향물오리가 각각 가축화 되었다. 유라시아에서는 이리가 가축화되어 개가 되었다.

유럽에서는 흰 족제비를 가축화하여 토끼 사냥에 이용했고, 북아프리카와 서남아시아에서는 고양이를 가축화하여 설치류를 사냥했다. (중략)

개는 원래 번견이나 수렵견의 용도로 가축화되었지만 아즈텍 시대의 멕시코, 폴리네시아, 고대 중국 등지에서는 식용으로 개발하여 기르기도 했다. 그러나 개를 일상적으로 잡아먹는 풍습은 달리 육류를 구할 수 없는 인간 사회에서 마지막으로 취하는 수단이었다. 아즈텍인들에게는 가축화된 포유류가 개밖에 없었고, 폴리네시아인들과 고대 중국인들에게는 돼지와 개가 전부였다. 가축화된 초식 포유류를 많이 가진 복 받은 인간사회에서는 굳이 개를 잡아먹으려고 하지 않았고, 다만 어쩌다가 별미로 먹었을 뿐이다(오늘날 동남아시아 일부에서 그렇듯이).

우리가 고고학적 증거를 통해 가축화시기를 알 수 있는 동물은 개가 10000년 전으로 가장 빨랐고, 대부분의 동물들이 적어도 2500년 전에는 가축화되었다고 한다. 야생동물의 가축화는 최종 빙하기가 끝나고 농경 목축 사회가 생겨난 후 처음 몇 천 년 동안에 거의 다 이루어졌다고 한다.

사냥개로 가축화된 '맹견'이나 집지키는 '번견'이나, 목줄에 묶인 채로 대문간을 지키는 임무에서 벗어날 수 없는 이유는 이들이 원래 가축화된 목적이 그랬기 때문이다. 사냥개는 주인과 사냥을 할 때만 들판을 달리며 이리의 야생성을 발휘할 수 있었고, 번견은 이리의 습성을 버리고 일생을 짖어대는 것으로 만족해야 인간과 공존할 수 있었다.

반면 고양이는 설치류를 사냥할 목적으로 가축화되었기 때문에 야생성을 버리지 않아도 되었지만, 대신 몸집의 크기를 줄여서 작은 설치류를 사냥하는 것으로 만족하고, 사람들에게 위협이 되지 않아야 했다. 고양이가 자유롭게 방과 마루는 드나들 수 있는 것은 그

임무가 인간의 식량을 탐내는 쥐 사냥이었기 때문이다.

동물보호법을 개정해야 할 만큼 문제가 되고 있는 개식용도, 전세계적으로 보면 개를 식용으로 하는 경우가 드물지만, 일부 지역에서는 식용이 될 수밖에 없었던 이유가 있었고, 일부에서는 반대할 이유가 있었다.

유목사회와 상업사회에서는 개가 단순한 가축이 아니라 재산을 지켜주는 친구이자 부하였다. 양떼를 몰고 목초지를 찾아다니며 양을 치는 양치기 소년에게 개는 함께 양을 지키고, 추운 헛간에서 체온을 나누며 함께 잠을 자고, 길 잃은 양을 찾아오는 유일한 동료이자 친구였다.

상업인들에게 개는 창고의 재산을 지키는 믿음직하고 충직한 부하였고, '프랜더스의 개'처럼 무거운 짐수레를 끌어주는 듬직한 일꾼이었다. 낯선 지방을 다니며 물건을 사고파는 상인들에게는 든든한 동행이자 보디가드였다.

반면 농경사회의 개들은 크게 하는 일없이 마당 구석을 차지하고 있는 가축이었다. 가장 큰 재산인 집과 토지는 훔쳐갈 수 없는 것이고, 이웃집 숟가락 개수까지 다 아는 친밀한 공동체에서는 개가 지킬 것이 아무것도 없었기 때문이다.

개식용을 보고 경악하는 서양문화나, 개를 단백질 보충식으로 하는 동양문화 모두 환경의 지배를 받는 인간 문화의 일부이다. 반려견을 기르는 오늘날의 시각으로 보면 야만스런 일이지만, 단백질원을 구할 수 없었던 과거를 기준으로 생각하면 다른 관점이 보인다. 인간이 동물을 보는 시각은 시대와 장소, 당시의 상황에 따라 이처럼 달라지는 것이다.

재레드 다이아몬드의 글을 보면 인류가 생존을 위해서 야생동식물을 가축화-사육화한 과정의 어려움을 알 수 있다.

지금으로부터 약 700만 년 전에 현생인류의 조상들이 현존하는 대형 유인원의 조상들로부터 분기된 이후, 대부분의 기간 동안 지구상의 모든 인간들은 블랙풋 인디언들이 19세기까지 그랬던 것처럼 순전히 야생동물을 사냥하거나 야생식물을 채집하는 것만으로 먹거리를 장만했다. 그러다가 몇몇 민족이 비로소 식량 생산이라는 것(즉 야생동식물을 가축화-작물화 하여 그 가축과 농작물을 먹는 일)을 시작한 지는 아직 1만 1천년도 채 되지 않는다. (중략)

야생 동식물 중에서 인간이 먹을 수 있고, 사냥 또는 채집할 가치가 있는 종은 소수에 불과하다. 나머지 종은 음식으로 쓸모가 없다. 소화가 안 되거나 (나무껍질), 독이 있거나(독버섯), 영양가가 낮거나(해파리), 까서 먹기가 따분하거나(아주 작은 견과류), 채집하기 어렵거나(대부분의 유충), 사냥하기에 위험한 경우(코뿔소)등이다.

자연 상태에서는 식량가치가 있는 야생 동식물의 수가 적었을 뿐만 아니라, 야생동식물을 가축화-작물화 하는 것도 매우 어려운 일이었다. 영국의 과학자 프랜시스 갤턴은 이렇게 정리했다.

"모든 야생동물은 한 번쯤 가축이 될 기회가 있었다. 그중에서 일부는(중략) 이미 오래전에 가축이 되었고, 나머지 대부분은 과거에 어떤 사소한 문제 때문에 실패했으며, 앞으로도 영원히 야생 상태로 남아 있을 운명인 듯하다."

프랜시스 갤턴은 야생동물을 가축화하려면 적어도 여섯 가지 조건에 맞아야 한다고 말한다.

첫째는 식성이다. 소를 키워 450kg을 만들려면 4,500kg의 옥수수 사료가 필요하다. 육식동물을 가축화해서 먹으려면, 옥수수 45,000kg을 먹고 자란 초식동물 4,500kg을 먹여야 겨우 체중 450kg인 육식동물로 키울 수 있다고 한다. 그래서 인류는 육식동물은 고기가 아무리 맛있어도 가축화 대상에서 제외시켰다. 그냥 야생에서 자라게 내버려 두고 사냥으로 가끔 잡는 편이 훨씬 경제적이니까.

둘째는 성장속도다. 가축은 빨리 성장해야 가치가 있다. 코끼리와 고릴라는 아무 것이나 잘 먹고 덩치도 커서 고기를 많이 제공하지만, 15년 이상을 키워야 해서 가축화를 포기했다.

셋째는 번식 문제이다. 사람들이 배우자를 까다롭게 고르고 서로 밀고 당기며 탐색하는 과정을 거치고도, 은밀한 장소를 찾아가 성교를 하듯이, 많은 야생동물들도 복잡하고 긴 구애과정을 거치며, 공개적인 상태, 우리에 갇힌 상태에서는 짝짓기를 거부한다. 야생에서 잡아 길들인 치타는 수렵용으로 개보다 훨씬 빠르고 뛰어나, 수천 년 동안 가축화를 시도했지만 감금상태로는 번식을 거부해서 가축화에 실패했다.

넷째는 공격적인 성격이다. 대형포유류는 성질이 거칠고 위험해서 사람이 제어하기 어렵다. 예를 들어 곰은 초식성이고 인간이 남긴 쓰레기도 잘 먹고 빨리 성장하며 고기도 맛있지만, 가축화 하기엔 너무 위험하다.

다섯째는 신경이 예민한 버릇이다. 신경이 예민한 종들은 가둬놓으면 겁에 질려 죽거나, 탈출을 시도하다가 사고로 죽어 버리므로 가축화 포기 대상이 된다.

마지막으로는 사회성이다. 무리를 이루고 살며 무리의 우두머리를 따르는 위계질서를 가진 동물들이 가축화에 유리하다. 양, 염소, 소 등의 가축들은 자기 우두머리를 따라 가듯이 인간 지도자를 따라간다. 반대로 무리를 이루지 않고 독립적으로 생활하는 동물은 가축화가 매우 어렵다.

야생동물이 가축이 되려면 사람을 따라야 하고, 먹이가 저렴해야 하고, 성장이 빨라야 하고, 가두어 두어도 잘 견디고 번식해야 하며, 질병에도 강해야 한다. 이런 조건을 모두 갖춘 야생동물은 전 세계를 통틀어 얼마 되지 않는다.

개는 이렇게 까다로운 시험에 맨 먼저 합격하여 1만년 이상을 사람과 함께 살아왔다. 이리의 야생성을 포기하고 사람들에게 복종하는 댓가로 숙식을 제공받고, 인간과 평화로운 관계를 유지하며 번식할 수 있었다.

'번견'과 '사냥견'의 역할이 끝난 오늘날, 개는 고양이를 부러워하던 오랜 한을 풀고 이제 인간의 반려동물이 되었다. 인간과 같은 방에서 생활하고 인간처럼 옷을 입고, 특별한 임무 없이도 인간의 보살핌을 받는 위치에 도달했음은 물론 사후의 장례절차까지도 인간과 동급이다.

인간과 함께 한 1만년 만에 드디어 가축에서 반려동물로 인간의 반열에 올랐다. 대신 개가 포기한 것, 아니 인간이 억지로 신분상승시키면서 개에게 요구한 댓가는 무엇일까?

대소변을 함부로 누지 말 것?

함부로 뛰어 다니지 말 것?

시끄럽게 짖어대지 말 것?

주인을 늘 기쁘게 할 것?

주인의 기분을 살필 것?

혼자 돌아다니지 말 것?

매일 세수하고 발 씻을 것?

반드시 목줄을 매고 외출할 것?

인간의 라이프 스타일에 맞출 것?

외출할 때는 신발 신고 옷 입을 것?

큰 덩치를 줄여서 예쁘게 태어날 것?

목욕을 자주하고 털을 예쁘게 깎을 것?

인간의 부름에도 응하지 않고 아직도 야생으로 남아 있는 동물들은 반려동물이 된 개를 부러워할까? 아니면 거친 자연에서 생존을 다투며 사는 삶을 포기하지 않은 것을 다행으로 여길까?

세상에는 수많은 동물이 있으며, 동물을 사랑하는 수많은 사람들이 있고, 동물을 사랑하는 수많은 방식이 있다. 옳고 그름의 문제가 아니라서 논쟁을 벌일 필요는 없지만, 한 번쯤은 반려동물에 대한 자신의 견해를 생각해 볼 일이다.

나는
소중한 생명체이다.

무릇 고통이란 그것으로부터 벗어나려는 욕망과 분리할 수 없는
것이며, 즐거움이란 것도 그것을 향락하고자 하는 욕망과 분리될
수 없다. 모든 욕망은 결핍된 상태에서 오며, 그 결핍이 바로 고통
인 것이다. 그러므로 욕망과 그것을 채우려는 능력과의 불균형으로
말미암아 불행이 생기는 것이다. 욕망과 능력에 조화를 이룬 사람은
완전히 행복한 존재일 것이다.

— 리처드 도킨스, **이기적 유전자**

알람 소리가 들린다. 어제 저녁 잠자리에 들며 맞추어 둔 알람이다. 뒤척이며 고민하다 일어난다.

하루의 시작을 나의 의지를 가지고 시작한다. 주방으로 가 불린 쌀로 밥을 한다.

나는 집을 나서는 순간 쉽게 접하게 되는 화학 첨가물로 만든 음식이 싫다. 그래서 내 곁에 있는 어린 두 아들을 위해 집밥을 열심히 하고, 시끄러움 속에 음식의 맛을 알지도 못하며 먹는 것이 싫어서, 남편과 아들 얼굴을 보며 먹는 집밥을 좋아한다. 사소하지만 이것도 나의 의지이고 가치관이기도 하다.

인테리어가 멋지게 된 곳에서 요리전문가의 솜씨를 느끼며 먹는 것을 좋아하는 사람, 통닭을 튀겨내는 기름 냄새와 그곳에서 오가는 사람들 소리가 좋은 사람도 있다.

다양한 생각을 가지고 각자 자신의 삶을 살아가고 있다. 나는 그 속에서 상대방의 가치관을 존중하며 나의 가치관도 존중받길 원하며 침해하지 않고 침해받지 않길 원한다.

이런 내 가치관에 허리케인을 몰고 와 송두리째 부수고 날려버린 책이 있다. 리처드 도킨스의 『이기적 유전자』는 처음 읽는 순간부터 태풍이었다.

'나라는 사람은 뭐지? 단순한 복제품이라는 말인가?'

유전자는 의식이 있는 목적 지향적인 존재로 생각해서는 안 된다. 그러나 맹목적인 자연 선택의 작용에 의해 유전자는 마치 목적을 가지고 행동하는 존재인 것처럼 보인다.

목적이란 어떤 경우에나 단순한 은유에 불과하다. 인간의 뇌는 밈이 사는 컴퓨터다. 뇌에서는 아마도 저장 용량보다 시간이 중요한 제한 요인이다.

도대체 유전자는 무엇이 그리 특별할까? 그 해답은 이들이 복제자라는 데에 있다.

물리학의 법칙은 우리가 이룰 수 있는 건 우주에 적용된다고 생각되고 있다. 생물학에도 이에 상응하는 보편타당성을 가지는 원리가 있는 것일까?

모든 생명체가 자기 복제를 하는 실체의 생존율 차이에 의해 진화한다는 법칙이다. 우리의 행성 지구에서 자기 복제를 하는 실체로 가장 그 수가 많은 것은 유전자, 즉 DNA 분자다. 어떤 다른 것이 그 실체가 될 수도 있을지 모른다.

지구가 생긴 후 인류의 시작이 아주 작은 분자에 의해서라는 건 사람들이 알고 있다. 과학의 놀라운 발전으로 보게 되는 성운의 탄생만 보아도 그렇지 않은가? 먼지처럼 뿌옇게 보이던 입자들이 선명해지고, 아름다운 성운이 탄생한다. 탄생한 성운은 주변 환경에 따라 붉은 적토마로 보이기도 하고 2천이 넘는 온도를 가지고 우주를 가르는 나비가 되기도 한다. 머릿속이 복잡해졌다. 사람은 각자 자신의 성향을 가지고 태어나지만, 주변 환경에 의해 그 성향은 변한다. 그 변함이란 좋은 방향으로 발전과 의도치 않게 나쁜 방향으로 발전하기도 한다. 부모가 되면 자신이 생각하는 좋은 방향으로 아이를 이끌어주기 위해 좋은 환경을 유지해 주려고 하지 않은가? 환경에 의해 달라질 수 있지만, 내가 태어나기 전 인류가 시작한 이래 생존을 터득한 DNA의 선택이라니! 공상 영화 같은 이야기이다. '나'라는 존재는 죽지 않고 살아난 DNA의 아바타? 정확히 몇 년 전인지 기억은 나지 않지만, 외계인이 우리가 어릴 때 보아왔던 E·T의 모습이 아닌, 칡넝쿨처럼 뻗어가는 나무뿌리 모습이었던 영화가 생각난다. 외계인이 사람의 몸에 침투, 사람의 몸을 이용하여 지구를 점령하는 내용이었다. 욕조에 있는 사람의 몸속으로 마치 뿌리처럼 뻗어 들어가는 장면이 너무 섬뜩하고 무서웠었다.

불쾌했다. 남편과 아이들을 사랑하며 열심히, 충실한 삶을 살려고 노력하는 내가 겨우 DNA가 선택한 생존기계일 뿐이라니.

리처드 도킨스의 이야기를 다시 들어보자. 흥분한 마음을 누르고 읽은 『이기적 유전자』는 내 가치관을 흔들려고 하는 것이 아니었다. 생물학적으로 나는 인간이 택한 불멸의 삶을 살고 있었다. 동물은 자식을 통해, 식물은 씨앗과 열매를 통해, 지구가 생겨 생물이 살기 시작한 이래 죽지 않고 살아내는 방법을 찾아 살아온 것이다.

화석으로 남아 존재감을 알리는 공룡은 포화상태에서 지구환경의 영향에 의해 화석으로 남게 되었고, 공룡을 포함하여 그 시대를 같이 살았던 동식물의 화석 덕분에 오늘날 사람들은 석유나 석탄을 연료로 쓰며 살고 있다.

신기하다. 사람이 지구의 주인공이 되어 건물을 짓고, 땅 위로 차가 다니고, 지하 터널로 지하철을 달리게 했다. 하늘을 바라보니 공항으로 들어가기 위해 바다 쪽으로 우회하는 비행기가 보인다. 지구를 점령한 사람. 오만해 보인다. 우리만의 것이 아닌데…. (환경문제가 떠올랐다) 그래도 살아낸 DNA! 멋지다. 장하구나! 부모님께, 조부모님과 조상님께도 새삼 감사하다. 우리나라가 어려움의 시간이 유난히 많지 않았던가?

리처드 도킨스는 『이기적 유전자』를 통해 생물학적으로 진화한 사피엔스 이야기를 하고 있다. 개인의 삶을 살고 있지만, 혼자서는 살 수 없는 공동체에 속해 있고, 공동체에 속해 있지만, 개인의 삶을 존중받고 싶어 한다.

신종의 자기 복제자가 최근 바로 이 행성에 등장했다. 우리는 현재 그것과 코를 맞대고 있다. 그것은 아직 탄생한 지 얼마 되지 않은 상태이며 자신의 원시 수프 속에 꼴사납게 둥둥 떠 있다. 그러나 이미 그것은 오래된 유전자를 일찌감치 제쳤을 만큼 빠른 속도로 진화적 변화를 달성하고 있다. 새로이 등장한 수프는 인간의 문화라는 수프다. 새로이 등장한 자기 복제자에게도 이름이 필요한데, 그 이름으로는 문화 전달의 단위 또는 모방의 단위라는 개념을 담고 있는 명사가 적당할 것이다.

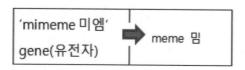

"(중략)밈은 비유로서가 아니라 엄밀한 의미에서 살아 있는 구조로 간주해야 한다. 당신이 내 머리에 번식력 있는 밈을 심어 놓는다는 것은, 말 그대로 당신이 내 뇌에 기생하는 것이다. 바이러스가 숙주 세포에 기생하면서 그 유전 기구를 이용하는 것과 같이, 나의 뇌는 그 밈의 번식을 위한 운반자가 되어 버리는 것이다. 이것은 단순한 비유가 아니다. 예컨대 '사후 세계에 대한 믿음'이라는 밈은 수백만 전 세계 사람들의 신경계 속에 하나의 구조로서 존재하고 있지 않은가?"

밈의 복합체가 진화한다고 추측한 것이다. 자본주의라는 거대한 밈 안에는 크고 작은 밈이 존재한다. 선택은 자기의 이익을 위해 문화적 환경을 이용하는 밈에게 유리하게 작용한다. 이 문화적 환경은 함께 선택되는 밈들로 구성되었다. 리처드 도킨스는 이를 '밈풀'이라고 한다. 안정한 세트로서의 속성을 지니며 새로운 밈은 쉽게 침입할 수 없다. 밈과 유전자는 종종 서로를 보강하고 때로는 서로 대립하기도 한다. 밈은 이성적인 물음을 꺾어버리는 단순한 무의식적 수단을 행사하여 불멸의 존재가 되는 것이다. 맹신은 어떤 것도 정당화할 수 있다. 맹신의 밈은 특유의 잔인한 방법을 통해 스스로 번식하기도 한다. IT시대 넘쳐나는 정보와 첨단 과학 속에 종교는 맹신적이고 논리적이지 못할 수 있다. 하지만, 우리는 스마트 휴대폰을 쓰고 있지만, 다양한 종교가 존재하고 종교 문화에 융화되어 살아간다.

독신주의는 상호 협력하는 종교적 밈들이 만들어 낸 거대한 복합체에서 작은 일부분이다.

종교 문화 속에 다양한 사람들이 존재하고 그 속엔 종교와의 약속으로 결혼을 하지 않는 사람도 있다. 2018년 현재 대한민국은 종교 문화를 떠나 경제적인 문제와 욜로족 등 자기 삶과 가치를 중요하게 생각하는 독신주의도 있다. 이러한 독신주의도 거대한 복합체의 작은 일부분이다. 독신주의는 아니지만, 관심을 가지고 문화적 특성의 진화를 보는 것은 생존의 방법이기도 하다. 어떤 문화적 특성이 자신에게 유리하기 때문에 진화할 수 있었을지 모른다는 것이다.

모방할 수 있어야 한다는 것은 밈을 보는 능력이고, 그 능력을 이용하는 것은 진화이다. 모방이 유전자에 이득을 준다고 가정할 필요는 없지만, 도움이 되기는 할 것이다.

유행을 보고 따라 하는 것을 좋아하지 않았다. 자본주의 사회에 자본가가 만들어낸 것에 민감하게 반응하고 그들에게 상납하는 듯한 기분이 가끔 들어서이다. 그런 나에게도 하나 고집하는 것은 있다. 전자제품은 좋은 것을 산다. 비싸지만, 고장이 잘 나지 않아 감가상각비가 좋다. 유행이라는 밈이 만들어 낸 또 다른 밈이다. 리처드 도킨스의 이야기를 읽으며 유행이라는 밈도 살아가는 하나의 방법이구나. 나라는 생물체에 좀 더 융통성을 가지고 살아가는 방법을 주는 것도 나쁘지 않다고 생각한다. 단순히 번식의 과정으로만 불멸을 찾을 수 없다고 하지 않는가! 그렇다면 나의 생물체에 때로는 밈과 융화되는 융통성도 심어두고 싶다.

세이렌(Siren)에게 이끌려 세이렌 커피와 음료에 빠진 사람들과 같은 공간에 있기도 하고, 그러면서 세이렌 커피를 만든 사람들과 마케팅 담당자의 전략에 놀라기도 한다. 검소하게 사는 것이 미덕인

나는 인문고전에서 만난 서양 고전으로 인해 생각이 많이 바뀌었다. 여유가 된다면 브랜드값을 아까워하지 말고 사람들이 빠져드는 이유를 같이 느끼고 들여다보라. 직설적으로 이야기한다면 거기에 돈이 모이는 이유가 반드시 있다. 생물체 생존의 가장 기본 조건은 의식주 해결이다. 의식주를 해결하고 안정적으로 유지하기 위해서는 돈이 필요하다. 돈이 내 속에 있는 유전자에 이득이 되는지는 확실치 않지만, '나'라는 생명체의 생존에는 없으면 안 되는 것이다.

'나'라는 존재가 사는 이 생물체의 밈은 자본주의이다. 자본주의가 준 편리함 뒤에 환경오염이 존재한다. 환경오염으로 인해 인간을 포함한 생물체가 위협받고 있다.

최근에 대두된 미세먼지를 예를 들어보자. 미세먼지로 인해 우리는 KF80, KF99 마스크를 사야 한다. 마스크는 일회용이다. 올해처럼 여름에도 미세먼지가 극성을 부린다면, 가족들이 소비하는 마스크 비용도 부담이 될 것이다. 지금 당장 눈에 보이지 않는다고 하여, 마스크를 하지 않고 미세먼지를 흡입한다면 계속 건강을 유지할 수 있을까? 자본가이 기업과 세금으로 운영하는 국가가 만들어 낸 환경오염이지만, 그 책임과 안전을 개인이 감당해야 하는 현실 속에서는 개인의 경제적인 부분을 무시할 수 없다. 불필요한 소비를 하는 것을 경계하는 검소한 정신을 부정하는 것이 아니다. 오히려 강조한다. 외면하지 말고 들여다보고 느껴보자는 것이다. 융화된다는 것은 동요되어 나를 잃어버리고 살자는 것이 아니라 장점을 받아들이고 단점을 보완하자는 것이다.

완벽한 인생은 없다. 다만 나에게 맞는 삶을 찾으면 된다. 나는 미래의 이익을 위해서 지금을 희생하곤 했다. 미래를 생각해서 지금 힘들어도 이를 악다물고 참았다. 이제는 그런 나의 DNA에 미래의 이익을 위해서 지금 재미와 즐거움을 심어주고 있다. 혹 미래의 나의 이익을 위해 멈춰야 한다면 그 또한 흔쾌히 받아들인다.

행복은 개인이 느끼고 정의 내리고 소유해야 하는 개인적인데도 불구하고 언론과 SNS에선 여행을 다니고, 맛난 음식을 먹고, 여러 사람에게 공유하는 것이 행복이라고 정의하고 강요한다. 행복은 개인의 다양성만큼 그 정의도 다양하다. 우리는 모두 그 다양함을 존중해줘야 한다. 행복은 절대적인 것이 아니다. 행복이나 불행은 우리 모두에게 공통된 것이지만 사람에 따라 정도가 다르다. 어떤 사람은 행복하기 위해 고통을 감수하지 않는가?

무릇 고통이란 그것으로부터 벗어나려는 욕망과 분리할 수 없는 것이며, 즐거움이란 것도 그것을 향락하고자 하는 욕망과 분리될 수 없다. 모든 욕망은 결핍된 상태에서 오며, 그 결핍이 바로 고통인 것이다. 그러므로 욕망과 그것을 채우려는 능력과의 불균형으로 말미암아 불행이 생기는 것이다. 욕망과 능력에 조화를 이룬 사람은 완전히 행복한 존재일 것이다.

그렇다면 인간의 지혜란 무엇인가? 참다운 행복에 이르는 길이란 무엇인가? 그것은 우리의 욕망을 제한하는 것이 아니다. 왜냐하면 만약 욕망이 우리의 능력이하가 되면 우리들 능력의 일부는 할 일이 없어져, 우리는 우리의 전 존재를 즐겁게 하지 못할 것이다. 또 이것은 우리의 능력을 확대하는 길도 아니다. 왜냐하면 만약 그와 동시에 우리의 욕망이 한층 확대해가는 날에는 우리는 더욱 고통을 느낄 것이다. 따라서 참다운 행복에 이르는 길은 능력을 초월한 여분의 욕망을 줄이고, 힘과 의지를 완전히 균형 있게 조화시키는 것이다. 그래야만 비로소 마음이 평화스러운 위치에 놓이게 되는 것이다.

DNA의 복제자 '나'의 불멸의 인생을 위해 지금을 즐겁고 유익하게 보내기로 했다. 미래를 희생하며 쾌락으로 빠지겠다는 말이 아니다. 소중한 생명체인 '나'는 미래의 이익을 위해서 지금 하는 일을 즐겁게 하고, 만약 그것이 미래의 이익을 위해 당장 멈춰야 할 때가 된다면 거리낌 없이 멈추려 한다. 남편과 대화하고 아이들의 최신 게임을 들여다보고 같이 하는 유연성을 발휘하여 서로의 일상을 공유하며, 남편과 아이들을 각자의 개체로 인정한다. 희로애락(喜怒哀樂)이 없는 삶이 있던가? 두려워하지 말자. DNA 복제자 '나'의 삶이 언제 끝날지 모르지 않는가!

미덕은 칭찬받을 만하지만
행복은 칭찬을 초월한다.

행복한 사람이 되기 위해서는 외적인 조건 외에도 두 가지
덕을 갖추어야 한다. 지적인 탁월함과 윤리적인 탁월함.
인간이 추구하는 최고의 선은 행복이며 행복은 심적인
상태가 아니라 인간 활동이 수행될 때 얻어진다.
미덕은 칭찬받을 만하지만 행복은 칭찬을 초월한다.

― 아리스토텔레스, **니코마코스 윤리학**

'어떤 삶이 좋은 삶, 곧 행복한 삶인가?'

서문과 제목만 쭉 읽어 보아도 확 느낌이 오는 책이다. 깨우침 가득한 교훈서 같기도 한 아리스토텔레스의 『니코마코스 윤리학』은 인간을 위한 '좋음'이란 무엇인지, 진정한 '행복'은 무엇인지를 고찰하고 있다.

후한 사람은 아무에게나 주지 않을 것인데 이는 그가 마땅히 주어야 할 사람에게 마땅히 주어야 할 때, 그리고 고매한 목적을 위해 줄 수 있게 하기 위해서이다. 자기 몫으로는 너무 조금 남을 정도로 과하게 주는 것이 후한 사람의 두드러진 특징인데, 후한 사람은 으레 자기 자신을 돌보지 않기 때문이다.

후함은 주는 사람의 재산에 따라 상대적이다. 후함은 주어진 것들의 양이 아니라 주는 사람의 마음가짐에 달려 있다. 따라서 가진 재산이 적은 사람은 남보다 적게 주어도 더 후할 수 있다.

경기도와 전라도가 내년부터 만 18세 청년의 국민연금을 대신 내주는 사업을 추진하고 있다는 기사를 읽었다.

해당 제도의 타당성을 놓고 논란이 일고 있는데 청년들이 장기실업의 늪에 빠져 국민연금 사각지대에 놓여 있어 지원이 필요하다는 건 이견이 없지만, 지원방식이 국민연금 추후 납부제도의 허점을 노린 것이어서 제도의 근간을 흔든다는 비판이 거세지고 있다고 한다. 18세에 첫 보험료를 지원하는 것은 지나치게 이르다는 목소리도 나온다.

청년 사각지대는 27세 이후 경제활동인구로 편입돼야 할 청년들이 취업난을 겪으며 비정규직으로 몰리면서 생기는 문제이다. 국민연금의 안정적인 가입이 어려워 발생하는 문제인데 타당성을 놓고 예산의 효율적인 측면에서 맞는지, 해당 제도로 인한 파급효과는 없는지, 정책의 후함이 오히려 청년들에게 그리고 국민들에게 독이 되는 건 아닌지, 다들 걱정이 많다.

아리스토텔레스는 이처럼 후함은 재물을 주는 것과 쓰는 것에 관련된 중용이라고 했다.

후한 사람은 대소사에 관계없이 마땅히 그래야 할 대상에게 적당량을 주거나 쓰는 것이다.

그의 미덕은 주는 것과 받는 것 모두에 관련된 중용인 만큼 둘 다 올바른 방법으로 행해야 한다고 했고, 함께하는 행위들은 같은 사람 안에서 동시에 일어날 수 있지만, 서로 양립할 수 없는 행위들이 분명하다고 했다. 조금 더 정확하게 따져보고 현명한 방법으로 근본적인 부분을 먼저 해결해 나갔으면 한다.

> 나는 돈이 없는 사람을 사랑하지 않는다.
> 나는 돈을 사랑하지 않는 사람을 사랑하지 않는다.
> 나는 한 다발 지폐를 헤아리는 사람을 사랑한다.
> 햇빛도 돈이 있어야 맑고 눈이 부시다.

'내가 사랑하는 사람'이라는 정호승 시인의 시에 누군가가 모방 시를 썼다고 했다. 정호승 시인께서 옮겨 적어 책에 실은 내용을 보았다.

나는 아직 그렇게 긴 세월의 삶을 살지는 않았지만, 마지막 구절 '햇빛도 돈이 있어야 맑고 눈이 부시다.'는 부분은 완전히 공감한다. 시간도 여유가 있어야 하고 금전적인 부분도 여유가 있어야 세상이 아름답다고 느꼈던 적이 많다.

김광석-부치지 않은 편지, 안치환-우리가 어느 별에서, 양희은-수선화에게, 장사익-허허바다 등 뜻하지 않은 계기로 시가 노래로 탄생하면서 시인들이 저작권료의 유혹을 느꼈던 때, 이호승 시인도 돈에 욕심이 나면 가끔 이 글을 읽어 보면서 자신을 다스린다고 했다.

일생을 살면서 돈이 얼마나 많아야 만족할까? 그건 사람마다 다 다르겠지만 하루하루 살아가는 데 큰 불편함이 없을 정도면 된다고 하고, 남을 도울 수 있을 정도면 더 좋고. 그 이상의 돈은 어쩌면 필요 없는 돈일 수 있다고 한다. 그런데 나는 다가오지도 않은 미래의 불확실성을 충족시키기 위해 오늘이라는 인생의 소중한 시간을 돈을 버는 데 집중을 하고 있다. 실제 내가 직장을 다니는 것은 아니지만, 남편이 벌어 온 돈을 나름 현명하게 소비하고 저축하며 살고 있다. 하지만 매달 돈이 부족하다고 느끼고 하고 싶은 것, 사고 싶은 것이 있을 때, 때로는 사고, 때로는 꼭 원하는 것인지, 정말 필요한 것인지 따져보고 한 번 더 뒤로 미루거나, 더 좋은 방향으로 생각을 바꾼다.

돈은 생계가 보장되는 단계에 이를 때까지는 소득이 오르는 만큼 행복지수도 따라 오르는 것 같다. 집을 구입하고 필요했던 제품들을 어느 정도 갖추고 난 다음 단계에서는 소득이 크게 영향을 주는 것 같지는 않다. 오히려 돈에 대한 욕구가 지나쳐 행복이 파괴되고, 돈을 벌수록 여유보다는 욕심이 더 생겨서 행복과 멀어질 수도 있을 것 같다. 돈은 만족을 주지 않는다. 대신 인간의 욕망을 부추긴다.

통 큰 사람은 일종의 전문가이다. 그는 무엇이 적절한지 볼 줄 알고 거액을 적절히 지출할 줄 알기 때문이다. 우리가 첫머리에서 말했듯이 마음가짐은 행위와 대상에 따라 결정된다. 따라서 통 큰 사람의 지출은 규모가 크고 적절할 것이다. 그렇다면 성과 역시 그러할 것이다. 그래야만 지출 규모가 커져 성과에 걸맞을 테니까. 따라서 성과는 비용에 걸맞아야 하고 비용은 성과에 걸맞거나 성과를 넘어서야 한다.

통 큰 사람은 고매한 목적을 위해 그런 지출을 감당할 것이다.

페이스북 창업자 겸 CEO 마크 저커버그와 그의 아내 프리실라 챈이 페이스북 보유지분 중 99%를 기부하기로 했다는 기사를 읽은 적이 있었다. 우리 돈으로 52조 원 이라는 어마어마한 금액과 99%를 기부한다는 '통 큰'이 놀랍다.

그들이 기부한 이유는 "딸이 살아갈 세상을 위해서"였다. 기부내용에는 질병 없는 세상, 평등이 증진되어 보다 많은 인류가 능력을 펼치고, 인류의 가능성을 확장하는 세상에서 딸이 살아가길 원한다고 했다. 그 이후에도 질병 퇴치를 위해 3조원 기부 약속도 했다. 지구상의 인류 전체가 지금보다 잘 살 방법을 고민하고, 논할 수 있는 부자가 우리나라에는 몇 명이나 있을까? 더욱더 부러운 것은 마크 저커버그 말고도 많다는 것이다.

어떤 일을 하면서 비용을 꼼꼼히 따지는 것은, 성과를 올리려면 비용이 얼마나 들고 가장 싼 값에 성과를 올릴지 보다는, 가장 적절한 성과를 올릴지 생각할 것이다. 재산을 물려받은 사람이 자수성가한 사람보다 더 후한 것 같다고 했다. 재산을 물려받은 사람은 궁핍했던 경험이 없고, 돈에 대한 애착이 적기 때문이다. 사람은 누구나 자기 스스로 이룩한 것에 더 애착을 느끼니까. .

후한 사람이 부자가 되기는 쉽지 않다. 재물을 모으거나 지키는 것이 아니라, 나누어 주는 소중한 수단으로 여기기 때문이다.

낭비하는 사람들은 대게 방종하고 재물을 쉽게 쓰기에 낭비적인 일에도 돈을 펑펑 쓴다.

물질만능주의 자본주의 시대에 살고 있는 요즘 우리는 다른 사람과 비교하여 가진 것에 만족하지 못하고 계속 더 새로운 것들을 가지려 한다. 끝이 없고 가져도 일시적인 만족감은 있지만 계속해서 가지고 싶은 것들이 생기게 마련이다. 이러한 것들에 집착하지 않고 끊을 수 있고 만족할 수 있어야 하는데, 이 힘은 이성에서 오고 이성을 갖추기 위해서는 부모의 역할, 교육의 힘이 이 필요하다.

아리스토텔레스는 교육을 통해 중용의 덕을 갖추고, 이성적 인간의 형성을 도와야 행복을 찾을 수 있다고 보았다. 중용은 중간만도 아니고 중심도 아니고 균형도 아니다. 정확히 말해서 가장 알맞은 경우를 선택하는 것이다. 인격자란 모든 행동에서 자신이 형성한 중용의 습관에 맞추어 신뢰성 있게 행동하는 사람이다. 인격은 오랜 세월에 걸친 일관된 도덕적 훈련과 그로 인한 습관에서 비롯된다.

과거에 집착하지 말고, 아직 오지도 않은 미래에 대해서 불안해하거나 우선 지급받아 쓰지 말며, 현재의 일을 자세히 살피고 잘 알고 행하는 것이다. 진정한 행복은 이다음에 이루어야 할 목표가 아니다. 행복을 삶의 목표로 삼고 좋은 날이 오기를 기다릴 것이 아니라, 지금을 사는 순간순간을 좋은 날로 만들어 가야겠다.

행복한 사람이 되기 위해서는 외적인 조건 외에도 두 가지 덕을 갖추어야 한다. 지적인 탁월함과 윤리적인 탁월함, 인간이 추구하는 최고의 선은 행복이며 행복은 심적인 상태가 아니라 인간 활동이 수행될 때 얻어진다.

미덕은 칭찬받을 만하지만 행복은 칭찬을 초월한다.

어떻게 하면 내 맘 속에
그레이트 헨을 만들 수 있을까?

무언가를 찾는 동안 인간은 방황하기 마련이다.
그러나 선한 인간은 비록 어두운 충동 속에 휩쓸릴
때조차 자신의 옳은 길을 잊지 않는다.

– 괴테, **파우스트**

무언가를 찾는 동안 인간은 방황하기 마련이다. 그러나 선한 인간은 비록 어두운 충동 속에 휩쓸릴 때조차 자신의 옳은 길을 잊지 않는다.

괴테의 『파우스트』에 나오는 구절이다. 메피스토펠레스의 유혹을 받은 파우스트는 양심을 저 버리는 행동을 했다.

나에게도 언제든 메피스토펠레스가 찾아와서 유혹할 수 있다.

이때 나는 어떻게 행동해야 할까?

유혹이라 여겨지고 양심에 가책이 되는 행동이라는 것을 인지한다면, 정신을 가다듬고 옳음의 방향으로 전환할 수 있을 것이다. 하지만 나 자신조차도 그 유혹이 양심을 저버리는 행동인지 모르고 행하게 될까봐 두렵고 무섭다.

그러나 나의 마음속에 그레이트 헨을 만든다면 메피스토펠레스의 유혹에서 벗어날 수 있을 것이다. 어떻게 하면 나의 마음속에 그레이트 헨을 만들 수 있을까?

나는 무언가를 선택해야 할 때 갈등을 참 많이 하는 스타일이라 선택장애자라는 말을 종종 듣는다. 내가 가지고 있는 중심이 흔들려서일 테다.

내 마음 속의 그레이트 헨을 만들기가 금방 뚝딱 되는 일이 아니라 쉽지는 않겠지만, 어떠한 유혹에도 견뎌낼 수 있는 힘을 가진 그레이트 헨을 여러 명 만들고 싶다. 그들이 내 마음 속에 단단하게 버티고 있다면 어떤 유혹이 나를 덮쳐도 안전하지 않을까?

물론 내 안에도 메피스토펠레스의 유혹을 받은 파우스트처럼 극과 극의 마음이 존재한다.

눈만 뜨면 교육, 경제, 외교, 정책, 소비 등 다양한 분야에서 각각 다른 양상을 띠고 있는 변화의 시대인 요즘엔 더더욱 그러하다. 그 누구도 가보지 않은 길을 새롭게 닦고 만들어 가야 한다는 건 정말 엄청난 용기와 미래를 바라보는 눈, 그리고 많은 갈등 속에서의 결단력이 필요하기 때문이다.

『파우스트』는 성경에 대한 이해가 부족한 사람은 소화하기 어렵다고 한다. 보통 주님과 악마는 신들의 세계에서 동급이 아닌가? 이 책에서는 인간 보다는 악마가 높고, 그 악마와 인간 모두를 통찰하는 신을 주님이라 한다.

나는 종교적인 식견이 부족하여 이해를 잘 못하겠다. 그래서 종교적 접근 보다는 인간이 가져야 할 보편적인 마음, 심리학적으로 생각을 해보았다.

어떠한 유혹에서도 지켜낼 수 있는 내 양심의 근육을 어떻게 단련시켜야 할까?

지금껏 다른 애가 잘못을 저지르면 난 얼마나 신이 나서 헐뜯어댔던가! 다른 사람의 죄에 대해선 입에 거품을 물고 떠들었지! 남의 허물이 검게 보이면, 그 검은 빛이 성에 차지 않고 더욱 검은 색을 덧칠하려했지. 그리곤 죄 없는 나 자신이 대견해 마냥 우쭐했는데(......)

나도 그레이트 헨의 말처럼 사람에 대한 관대함 보다는 간특함이 더 앞서, 나 자신의 부족하고 못남 보다는 다른 사람의 잘못에 대해 나의 에너지를 소모하는 일이 많다. 경쟁의 시대를 사는 현대인은 타인과의 경쟁에 내몰리면, 성과에 눈이 멀고, 양심을 저버리기도 한다.

누구도 가보지 않은 4차 혁명 시대를 준비하는 지금의 우리들에게 제일 중요한 것은 인성교육이다.

파우스트가 유혹에서 벗어날 수 있었던 것은 그레이트 헨이 가지고 있는 마음의 힘 때문이었다. 어떠한 유혹이 와도 자신을 지켜 낼 수 있는 튼튼한 마음 근육을 기르고 싶은가?

그 최고의 방법이 독서다.

친구1: 뭐니 뭐니 해도 최신무기는 원자탄이지!

친구2: 무슨 소리! 수소폭탄이야!

친구3: 아니거든! 핵무기가 제일 최신무기라 할 수 있지!

친구4: 제일 강력한 최신무기는 사람의 정신이야!

친구1,2,3: 하하하하...무슨 소리...그건 무기가 아니잖아.

어제 오후, 아들과 친구들이 언쟁을 하고 있었다. 궁지에 몰린 아들이 울먹이며 내게 판정을 부탁했다. 사람의 정신이 한 곳에 집중되어 연구되면 원자탄, 핵무기 보다 더 무서운 무기를 만들 수 있고 나라도 부강 해진다. 혼잡한 사회가 바른 사회로 바뀌는 것도 국민정신에 달려 있으므로 사람의 정신이 가장 무서운 최신무기라고 결론을 내렸다.

앞으로의 세상에서는 언어능력과 함께 독서만이 나에게 최고의 무기를 장착하게 해 줄 수 있다고 하니, 아이들이 고개를 끄덕인다. 오늘도 아이들은 나를 또 한걸음 성장하게 한다.

착한 인간은 비록 어두운 충동 속에서도 무엇이 올바른 길인지 잘 알고 있다.

함께 읽고 인용한 도서

_ 기시미 이치로(2014), **미움받을 용기**, ㈜인플루엔셜
_ 리처드 도킨스(2010), **이기적 유전자**, ㈜을유문화사
_ 재레드 다이아몬드(2013), **총 균 쇠**, ㈜문학사상
_ 요한 볼프강 폰 괴테(1999), **파우스트**, ㈜민음사
_ 유발 하라리(2015), **사피엔스**, 김영사
_ 최인훈(2017), **광장**, ㈜문학과 지성사
_ 토머스 홉스(2008), **리바이어던**, ㈜나남
_ 혜경궁 홍씨(2010), **한중록**, 문학동네

저 자 소 개

_ **강재영** 인문학 동행 동아리 회장
_ **김보민** 인문학 동행 동아리 회원
_ **박영옥** 인문학 동행 동아리 회원
_ **박은진** 인문학 동행 동아리 회원
_ **오영미** 인문학 동행 동아리 회원
_ **유소연** 인문학 동행 동아리 회원
_ **윤정희** 인문학 동행 동아리 회원
_ **이란숙** 인문학 동행 동아리 회원
_ **임자영** 인문학 동행 동아리 회원
_ **전미아** 인문학 동행 동아리 회원

인문학 동행 두번째 수다
사피엔스 뒷담화

인 쇄 일 | 2018년 12월 6일
발 행 일 | 2018년 12월 10일

저   자 | 강재영 김보민 박영옥 박은진 오영미
            유소연 윤정희 이란숙 임자영 전미아

발 행 인 | 이경희 외 1명
발 행 처 | 동아기획
등록번호 | 등록 제10-가-8호
주   소 | 부산광역시 사하구 낙동대로 536
전   화 | 051)291-7605
팩   스 | 051)294-8500
홈페이지 | http://www.dongapr.com

ISBN   978-89-6192-198-5   03810

정가 10,000원